辺境騎士団のお料理係！
～捨てられ幼女ですが、過保護な家族に拾われて美味しいごはんを作ります～

雨宮れん

目次

C T E R S
ラース
カストリージョ辺境伯家長男。立派な領主になるため日々鍛錬している。森で彷徨っていたエルを助け、妹として可愛がる。
メルリノ
次男。兄弟の中でも魔術が得意だが、コンプレックスがあり、自分に自信が持てない。
ハロン
三男。兄弟の中ではなんでも器用にこなすタイプ。甘いものが大好きで、エルの手伝いを積極的にしている。
エル
呪われた子として森に捨てられた少女。日本人だった前世の記憶があり、料理の知識に長けている。5歳ながらにして調理器具に精霊を宿すことができるチート能力を持つ。
辺境騎士団のお料理係！
~捨てられ幼女ですが、過保護な家族に拾われて美味しいごはんを作ります~

C H A R A

カストリージョ辺境伯家

ロザリア

辺境伯夫人。政治の世界から辺境伯家を支えるため、普段は王都で暮らしている。

ロドリゴ

カストリージョ辺境伯。子煩悩であり、エルのことも実の娘のように思っている。

辺境騎士団

ジャンルカ

ロドリコが信頼する副官で、愛称は「ジャン」。ひとりの時は読書をたしなむ。

アルド

左遷された騎士。王都に残してきた婚約者がいるようで…？

精 霊

ベティ

包丁の精霊

ジェナ

フライパンの精霊

プロローグ

日頃は静かな伯爵邸にメイドの悲鳴が響き渡った。

「誰か！　誰か！」

慌てて駆けつけてきた男性使用人が、部屋の中で飛び回っている食器に目を見張る。伯爵邸の中でも、狭くて暗い部屋。

「またか！」

彼の目が、部屋の隅に丸まっている子供に向けられた。

隅に汚くなった毛布が丸まっていて、その中から小さな顔だけが突き出している。

この子は今年五歳になったのだが、年齢の割にずいぶん小さい。

大きく見開いた目からは、今にも涙が零れそう。だが、男性使用人は、そんなことには構わず、宙を飛び回っている食器を掴《つか》み、床に叩《たた》きつけた。

毛布の中にいる子供がびくりと肩を跳ね上げる。木製の食器は床に叩きつけられても破壊されることはなく、ぽんぽんと床の上を跳ねて止まった。

「あ、ありがとう……食器を下げに来たらこんなことになってしまって」

「気にするな。こんな呪われた子を置いておくなんて、伯爵様もお優しい方だ」

盛りつけられていた食事は、綺麗に片付けられて食器は空っぽだ。メイドは素早く部屋の中に入り、子供には目もくれずに食器をすべて引き上げた。

「おとなしくしてろ」

低い声で言いつけられ、子供は毛布の中に潜り込む。わざとらしくため息をついた男性使用人は、伯爵家にはふさわしくない乱暴な仕草で扉を閉めた。

バァンッと大きな音が響き渡る。きっと、扉の向こうにいる子供はまたもや身体をびくりとさせただろう。彼もメイドも、彼女のことなんて気にするつもりもないけれど。

エスパテーラ伯爵家で怪異が起こるようになったのは、ここ数年のことである。

生まれた時に「魔力なし」の診断を受けた伯爵家の娘――毛布の中にくるまっているこの子供――は、「政略結婚の駒《こま》にはなるから」と、冷遇されながらも最低限の衣食住はあてがわれてきた。

だが、彼女が三歳の誕生日を迎えた頃から、周囲で異変が起こるようになった。けらけらと笑う声を耳にし、部屋を見たメイドが仰天したのは一度や二度ではない。

ぬいぐるみが部屋中を飛び回ったり、あるいは娘の前にきちんと座り、手をぱたぱたさせながら、ままごとのお付き合いをしていたり。

遊び疲れてしまった子供に毛布をかけてやろうと近づく前に、毛布が勝手に宙を飛び、娘に自ら覆いかぶさったこともあった。

普通では考えられない事件が続いた結果、彼女はこの部屋に押し込められ、冷遇されるようになった。伯爵家は今や瀕死の病人がいるかのように皆息をひそめて暮らしている。

「私、もうこのお屋敷辞めたい……」

「もうすぐ、あの娘は適切なところに行くらしいから、気をしっかり持つんだ」

メイドを男性使用人が慰める。娘が伯爵家の血を引いていることなど皆忘れていた。

「お母様、どこに行ってしまったの?」

遠くから別の女の子の声がして、使用人達の周囲はそちらに向けられた。

この家の主は、前妻が亡くなるとすぐに再婚した。屋敷には、後妻との間に生まれた四歳の娘もいる。今、声をあげたのはこの娘だ。この部屋の娘と彼女の扱いは雲泥の差。

毛布にくるまっている女の子のことなど、使用人達の頭から追い払われてしまった。


どやどやと部屋にたくさんの男達が入ってきて、子供は目を見開いた。これが最後の盾と言わんばかりに、毛布をぎゅっと抱きしめる。

「やっ……だあっ」

子供の悲鳴には構わず、毛布が取り上げられ放り投げられた。

かと思えば、手足に縄が巻きつけられる。ぎゅうぎゅうと子供を縛り上げている男達に向かって、床に投げ捨てられた毛布が飛びかかるが、男達の方が上手だった。

ふたりがかりで毛布を押さえ込んでそのまま縛り上げてしまう。その間に子供は部屋から運び出されていた。

荷馬車に放り込まれたかと思ったら、荷馬車は一目散に屋敷を離れていく。

荷台に転がされた子供は目を瞬かせた。泣いてはだめだ。涙は封じておかないと、気づかれたら頬《ほお》を叩かれる。

馬車の振動に身を任せ、時折とろとろと眠る。強引に起こされたかと思うと、口に水筒があてがわれたり、食べ物が押し込まれたりした。空腹も、喉の乾きもまったく覚えていないのに。

何日過ぎたかわからない。だが、何度か明るくなったり暗くなったりを繰り返したのは何となく覚えている。

そんな日を繰り返し、やがて降ろされたのは、深い森の中だった。

「やれやれ、途中で死なせないようにするのが面倒だったな」

「とりあえず、殺してそのあたりに死体は転がしておけばいい。魔物が食いつくしてくれるさ」

死なせる？　殺す？　何で、こんな目に……けれど、逃げ出すなんてできるはずなかった。

子供の手足はしっかりと戒められていたから。

だが、その時異変が起こった。男達の腰に下げられていたナイフが、いきなり鞘から抜けたのだ。誰ひとりとして触れていないのに。

そしてそのナイフが男達に向かって切りかかる。馬は逃げ出そうとし、荷馬車が勝手に動き始める。慌てた男達は荷馬車を追いかけて飛び乗った。

「行くぞ！」

逃げた男達をナイフも追おうとはしなかった。

子供の手足を戒めていた縄がしゅるりと勝手に解けて地面に落ちる。

（……どうしよう）

子供は途方にくれて周囲を見回した。

先ほど、男達は魔物が出る森だと言っていた。ここにいるのが危険だということはわかるけれど、でも、どこに行けばいい？

家に帰ることなんてできない——居場所は、どこにもないのだ。

それでも、何かに突き動かされるようにふらりと立ち上がる。ナイフの柄が彼女をつついた。まるで行き先を示しているかのように。

靴も履いていない小さな足で、地面を踏みしめると、彼女はゆっくりと歩き始めた。

自分がどこに向かおうとしているのかもまったく理解しないまま。

第一章　ハードモードな人生の始まりなようで

「あ、あ、兄上……！　ちょっと……待って……！」

はるか後方から、弟であるメルリノの声が聞こえてきて、ラース・カストリージョは足を止めた。

ここは辺境カストリージョ。領主である辺境伯の城とその周囲にある城下町を一歩離れれば、魔物が闊歩《かっぽ》する地である。

足を止めたラースは、弟を待っている間に、腰に下げていた水筒から一口水を飲んだ。

（……今日は、魔物が見つからないな）

このあたりの地では、魔物の肉が一般に食されている。

それは辺境伯家でも変わりがなく、長男であるラースも、魔物を狩りにしばしば森に入っていた。

十七という年齢の割に背が高く、身体つきもしっかりしているのは、次期当主として真面目に身体を鍛えているからだ。辺境伯家の当主は、辺境騎士団の団長も兼ねているのである。

短めに整えている赤い髪。前髪が額《ひたい》に落ちかかってきたのを、うっとうしそうにかき上げる。青い目は、そうする間も周囲に注意を払っていた。この森は幼い頃から出入りしていて、庭のようなものではあるが、いつ、どこで魔物が襲いかかってくるかわからない。

「ごめんなさい、兄上……！」

ようやくメルリノが追いついてきて、ラースは弟に愛情たっぷりの目を向けた。

今年十五歳になったメルリノは、辺境伯家においては、剣術より魔術を得意とする珍しいタイプだ。

兄のラースが赤い髪を短く整えているのに対し、メルリノの髪はもう少しオレンジがかっている。その髪を首の後ろで一本に束ねているのは、魔力が髪に宿っているからだ。

いざという時は、その髪を媒介に魔術を発動するらしい。らしいというのは、ラースには魔術の素養が皆無であり、そのあたりがさっぱりわからないからだ。

「お前はもうちょっと体力をつけた方がいいな」

「兄上が体力お化けなんですよ……」

膝に手を置き、肩で息をつきながら、メルリノは恨めし気な目でラースを見上げた。

メルリノが得意とするのは、敵を寄せつけないようにする結界魔術と、怪我を治したり、毒物の影響を消したりする回復魔術。特に回復魔術の使い手は珍しく、貴重な存在だ。

「体力お化けって言い方はひどいな。でも、回復魔術を使うにしたって、他のやつらに遅れは取れないだろ？」

「……わかってますけど」

メルリノが浮かない顔になったのを見て、ラースは息をついた。

魔術師であるメルリノは、どうしたって体力作りにかける時間が少なくなる。それなりに鍛えてはいるのだが、辺境伯家を守る騎士達には及ばない。

（こいつ、体力がないのを気にしてるからなぁ……）

水筒の水をごくごくと飲んだメルリノは、口元についた水滴を手で拭う。ようやく落ち着きを取り戻し、周囲を見回す余裕が生まれたみたいだった。

「で、今日は何を狩るんでしたっけ」

「ハッピーバニーをそろそろ間引いた方がいい気がするんだよな」

「あー、あいつらぼこぼこ増えますもんね」

ハッピーバニーとは、この地で一番多く見られる魔物である。とにかくぴょんぴょん跳ね回るため、一般の人間では捕まえるのも退治するのも難しい。

繁殖力が強い魔物で、一頭見かけたら五十頭いると思えとも言われているほどだ。定期的に間引かないと、森から溢れてきてしまう。肉はたいそう美味なため、辺境伯家では一番食卓に上ることが多い魔物でもある。

「今夜は、ハッピーバニーのシチューがいいですね」

「煮込み料理が一番ましだもんな」

「それは言わないお約束」

兄弟は、肩を並べて歩き始めた。

ここはしばしば魔物が出現する危険な地なので、嫌がって料理人が来てくれない。料理のできる地域住民から料理を教わり、騎士団員達が交代で料理をして食事を賄っているのだが、どうしても大雑把なものになる。料理上手な団員もこの十年配置されていないし、そこまで食事に手はかけられない。結果的に煮込んで味を調えればどうにかなるという煮込み料理が提供される機会が一番多い。

ラースにしてもメルリノにしても、料理は栄養が摂れれば充分だ。そこまで味にこだわっているつもりもないので、煮込み料理でかまわないのだが正直飽きた。

「……ん？」

不意にラースが足を止めた。メルリノも、兄に従うようにして足を止める。

ふたりその場で動きを止めたまま、用心深く周囲に視線を走らせた。耳をすませ、できる限り広範囲の物音を聞こうと試みる。

「あっちだ！」

先に動き始めたのは、ラースだった。力強く地を蹴る彼の足取りは軽い。そのあとからメルリノも懸命についていくが、差はどんどん広がる一方だ。

メルリノならひとりにしても危険はないと判断し、ラースは速度を上げた。

ラースの耳に届くのは、地面に落ちている枯葉を踏みしめる音。そこに時々ぽきっと枝を踏む音が重なる。

（……何だ？　魔物じゃない、よな……それに、動物でもない……二本足、この森にサルはいない……ということは、魔族か？）

人間の世界に人間と動物が存在するように、人が足を踏み入れない世界にも魔族と魔物が存在する。魔族は、人と同程度の知能を持ち、会話をすることも可能だ。

一般的にはほとんど関わらないのだが、上手に交渉すれば、いきなり戦闘になることはないはず。人間に友好的な魔族の存在をラースは知っていた。

（しまった、メルリノを待つべきだったか……？）

少しずつこちらに近づいてくる足音は、時々止まる。

いったいなぜ、こんな森の中にいるのだろう。

少なくとも、狩りではなさそうだ。

（いや……足音、ずいぶん軽い……よな……？）

よろよろとしている様子の足音は、この森に慣れているラースの耳にはずいぶん軽いように思えた。今日の獲物にしようと思っていたハッピーバニーよりも軽いかもしれない。

もしかしたら、魔族の子供が森で迷子になっているのかも。

（――面倒だな！）

内心で舌打ちしたのは、保護したら魔族が暮らしている地に送り届けねばならないからである。魔族の子だからといって保護しなくていい理由にはならない。

公にはしていないものの、辺境伯家では魔族とも付き合いがある。父に頼んで、親と連絡を取ればいいか。

そう考えながら木々の間を走り抜けたら、足音の持ち主と鉢合わせした。小さな女の子だ。

「おい、こんなとこで何して……」

再び呼びかけたラースは、そこで言葉を止めてしまった。

どう見ても、目の前の女の子は魔族ではない。魔族ならば、身体の一部に人間と違う特徴を持つものだ。たとえば、牛のような角がついているとか、猫のような尾が生えているとか。

だが、彼女には、人間とは違う特徴が見受けられない。ピンクがかった金髪、紫色にも青色にも見える目は、こちらをいぶかしそうに見つめている。

顔立ちは整っているのだろうが、どうにもこうにも小さくて痩せている。幼児特有のふくふくとした愛らしさは、持ち合わせていなかった。

小さな女の子――三歳か四歳、五歳にはなっていない気がする。

全身薄汚れ、粗末な身なりで、靴も履いていない。森の中を裸足で歩いてきたらしく、足は傷だらけだった。

「兄上、どうし――えええっ！」

追いついてきたメルリノは、女の子を見てびっくりした声をあげた。

メルリノの方に目を向けた女の子はびくりとし、身を翻《ひるがえ》して走りだそうとし――そしてそこで盛大に転んだ。枯葉と土が舞い上がる。

「大丈夫か？」

慌てて駆け寄り、声をかけるも、返事はない。ラースはひょいと手を伸ばし、女の子を抱き上げた。

「あっつ……！　メルリノ、こいつすごい熱いぞ！　赤ちゃんってこんなに熱いんだっけ？」

「小さな子は体温が高い――って、これ発熱してる！　と、とりあえず……だめだ、この子弱りすぎてて回復魔術も効かない。連れて帰りましょう！」

「おし、じゃあ行くか！」

回復魔術は、身体の回復能力を最大限に高めるものである。そのため、もともとの体力が失われている者には効きにくい。

ハッピーバニーのシチューは諦め、ラースは女の子を抱きしめた。腕の中でぐったりとしている小さな身体は、今にも生命力が失われそうで怖い。

「こんな小さな子がひとりでこんなところにいるのっておかしいですよね。もしかして、親とはぐれたのかも。騎士団員達と周囲を捜索してみます。兄上は連れ帰って医師を手配してください」

「わかった！」

ほら、メルリノはこういう時に頼りになるのだ。ラースは、この子の親の存在までまったく考えていなかった。

ラースは拾った子供を大急ぎで連れ帰る、メルリノは騎士団員を集めて森を捜索する。手早く役割分担をすませると、ふたりは、それぞれの目的を果たすために急ぎ足で屋敷に戻ることにした。

＊　＊　＊

母が遺してくれた店は、自宅の一階が店舗だった。

「――ちゃん、――ちゃんの料理は、お母さんと同じ味がするね」

「本当？　お母さんのレシピで作ってみたんだけど、同じ味がするならよかった」

頑張って収容しても、十人で限界な小さな店。カウンターしかないその店は、母が結婚と同時に始めたもの。

季節の食材を使った料理とおいしいお酒が売り。通ってくれるのは近所の住民が大半――そんな店だった。

母は若くして亡くなり、店は一度閉店した。母の店を受け継ぐつもりで、調理師学校に通うことを計画していたけれど、父からは大学は出ておくようにと言われてしまった。

大学と調理師学校に同時に通ったのは二年間。

調理師学校を卒業したあとは、大学卒業までの間、数軒の店でアルバイトもさせてもらった。

そうしながら母のレシピを練習し、卒業と同時に店を再開したのである。

「今日は、タラの芽のいいのがあったから天ぷらにしてみたの」

「いいね、春の味覚だ」

「お酒は、山形県のこのお酒でどう?」

あまりお酒は得意な方ではないけれど、本で知識を得て、少しずつ試飲して料理に合うものを集めた。記憶の中の母がそうしていたように。

「お父さんは、どうしてる?」

「仕事。今は、台湾に出張してる」

父と娘、ふたりきりの家族だったはずなのに、父とは向き合う時間があまりとれなかった。

母を亡くしてからは、なおさら娘に向き合うのを避けているようにも感じられた。

それが寂しくなかった、傷つかなかったと言えば嘘になるけれど――でも、自分には、店に集まってくれるお客さん達がいる。彼らが家族みたいなものなのだ。

いつまでもいつまでも、この人達と優しい時間を過ごしていたい。それだけで十分満足だ。

――そう思っていたはずなのに。

夢の世界が切り替わる。

生まれたばかりの小さな赤ちゃん。自分なのだと理解した。

「まあ、見た目は悪くないな。大きくなったら、政略結婚の駒としては使えるだろう。名前はエルレイン、だな」

そう口にしたのは、たぶんエルレインの父にあたる人。たぶんなのは、エルレインにこの人が優しく微笑みかけてくれたことはないからだ。

「教育はきちんとしておけ。伯爵家の娘として、恥ずかしくないだけの教育をな」

生まれたばかりなのに、父はエルレインには見向きもしなかった。母と思われる人は、エルレインの知る限り、周囲にはいない。

また、場面が切り替わる。

（……寂しい、寂しい……）

ひとり部屋でエルレインは、毛布を口に当てて小さく丸くなった。毛布の温かさに包まれていれば、少しだけ安堵《あんど》できる。

「お嬢様、こんなところで丸くならないでくださいな」

「ほら、家庭教師の先生がお見えになりましたよ」

先生は嫌い。だって、嫌なことばかり言うから。

エルレインのことを馬鹿にした目で見て、「こんなこともできないなんて」と笑うのだ。

三歳の子供に何ができるというのだ？

嫌だ、先生には会いたくない。

心の中でそう思った時──周囲が動いた。

バタバタと音を立ててカーテンが翻る。家庭教師の先生が、エルレインのいる部屋に入ってきた。

「わがままは言わないでください。授業の時間です──きゃあっ！」

乱暴にエルレインの手を引っ張ろうとしたとたん、ベッドから舞い上がった枕が家庭教師の顔に叩きつけられた。

「ふざけないで！　授業の時間だと言っているでしょう！　まったく、教師に枕を投げつけるなんて、なんて子──きゃあああっ！」

家庭教師はさらに盛大な悲鳴をあげた。

エルレインがいるのはベッドの上。なのに、床に落ちた枕が勝手に舞い上がり、家庭教師の頭をぼこぼこと殴り始めた。

羽毛がたっぷり詰まった枕で殴られたところで痛くはないだろうけれど、誰も持っていないのに枕で殴られるのは妙な状況だ。

「きゃあっ、やめっ、やめなさいっ」

毛布にくるまったまま、指をくわえたエルレインはぼーっとその光景を眺めていた。

扉が勝手に開き、そちらに向かって家庭教師を追い立てるように、枕が彼女のお尻をボンボンと殴る。

「やめなさいっ、やめなさいって！」

家庭教師が部屋の外に転がるようにして出ると、再び扉が勝手に閉じた。がしゃんと鍵までかかってしまう。

「ふざけないで！　扉を開けなさい！　誰か、鍵を持ってきて！」

悲鳴じみた家庭教師の声が、響き渡る。

「誰か鍵――ぎゃああっ！」

エルレインには見えないが、扉の向こう側では、廊下に飾られていた花瓶の花が勝手に飛び出し、家庭教師や、周囲にいた使用人達を叩き始めた。

花瓶は空中を飛び回り、割れない程度にこつんこつんと家庭教師や使用人達をつついている。花瓶が置かれていた花台は、ずるるっと廊下を滑り、廊下にいる人達を一定方向に追いやろうとしていた。

「な、何よ、化け物……！　呪われているわ！」

家庭教師の悲鳴が引き金だった。

使用人達も悲鳴をあげ、廊下をバタバタと走りだす。しん、と廊下が静まり返ると、花台はずるずると元の位置に戻った。花瓶が静かにその上に着地し、飛び出た花も花瓶に戻る。

飛び出す前の綺麗な形にはならなかったけれど、とりあえず花の茎が水に届くように、ぐいぐいと見えない手で押し込められた。

その間も、エルレインはベッドで丸くなっていた。口に押し当てた毛布はふわふわとしていて、指と交互にちゅーっと吸うと妙に落ち着く。

身体がぽかぽかとしてくるにしたがって、どんどん眠気が押し寄せてきた。すぅっと夢の世界で、エルレインは再び眠りに落ちる。

そしてまた始まる新たな夢。同じような光景は幾度となく繰り返された。

エルレインに冷たい父。何かある度に飛び回る小物や家具。異母妹が可愛がられているのを窓から眺めているところ。

だんだんとエルレインに近づこうとする人も少なくなっていき――最後には、一日三回、食事が届けられるだけになった。

「まったく、これでは役に立たないではないか。呪われた娘なんて噂が立ってしまったら」

エルレインのいる部屋を訪れた伯爵は、いらいらと歩き回る。ベッドに座っているエルレインには見向きもしなかった。

「――役立たずめ！」

「とう、様」

「私は、お前の父親ではない！　そうだ、あの女が不貞を働いたに違いない。私の娘が、このような化け物のはずはないからな！」

化け物の娘。

真正面からそう告げられ、エルレインの目からぼろぼろと涙が零れ落ちる。

「私には、本当の娘がいるんだ。お前とは違うまともな娘がな！」

どうしてそんなひどい言葉をぶつけることができるのだろう。

ろくに話をしてくれる人もいないまま、ただ、日々は過ぎていく。時々、使用人がやってきて、乱暴に湯につけられるのは、エルレインがくさいという苦情が出た時だけ。

お化けなんて言われたくないから、使用人が身体をごしごしと洗う間は、口も開かずにおとなしくしている。時々強くこすられすぎて背中が痛くなったけれど、それでも文句は言わなかった。

誰とも口をきく機会がないまま、一年、二年と過ぎていく。

そして五歳になったある日、エルレインの部屋にやってきた見知らぬ男達に縛り上げられたかと思ったら荷台に放り出された。

「いいな、この娘を魔物が出る場所に連れていき、そこで殺せ。そこで放置しておけば、魔物があとかたもなく食らいつくすだろう。そこまでは死なないように気をつけろ」

「わかりました。任せてください」

伯爵の手から、男達に渡ったのは、きらきらと光る金貨の入った革袋。

そうして縛り上げられたエルレインは、ごとごと揺れる荷馬車に積み込まれて伯爵家をあとにした。

時々、パンと水を与えられ、それ以外はずっと荷馬車の荷台に縛られて転がされたまま。お腹が空いたと訴えるだけ無駄なのだと、これまでの短い人生でエルレインは悟っていた。

何日ぐらい荷馬車に揺られていたのかわからない。だが、ようやく降りることを許されたのは、周囲に人の気配がない場所だった。

「……このあたりでいいか」

うっそうと木々が茂っている森の中。遠くから、獣の鳴く声が聞こえてくる。

「恨むなよ」

男がエルレインを地面に下ろした時——腰に下げていたナイフが、鞘から勝手に抜け出した。

「何だ！」

「化け物って、本当だったのか……？」

男はあとふたりいたけれど、彼らのナイフもふわりと空中に浮き上がる。空中で三本綺麗《きれい》に揃ったナイフは、刃先を男達の方に向けた。

「あっ、馬車が——！」

ごとりと荷馬車が動き始め、男達の視線がそちらに向く。

「どうどうどう、待て待て！」

ひとりの男が荷馬車を追って走り始め、他のふたりもエルレインには見向きもせずに走りだす。

「あの娘はどうするんだ？」

「ここに残していけば、魔物に食われて死ぬだろ。ほら、馬車に乗れ！　――こらこらこら、そう慌てるな！」

一刻も早くこの場を立ち去りたそうな馬をなだめながら、男達は何とか荷馬車に乗り込む。

そして、エルレインをその場に残して行ってしまった。

エルレインは、茫然《ぼうぜん》と座ったまま、荷馬車が走り去るのを見ていた。

そうか、ここで死ぬのか。

幼いながらも、そう実感していた。

だって、ここはどう見ても普通の森じゃない――魔物にエルレインを食わせろとあの人は言っていた。

くすん、と鼻を鳴らす。ぼたぼたと涙が零れ落ちてきた。

――信じてた。

いつかは愛してくれるって。

――信じたいと思っていた。

いつかは、愛が与えられると。

座り込んだまま涙を流すエルレインの手足を拘束していた縄が、しゅるりと解けて地面に落ちる。

つん、ナイフの柄が、エルレインの肩をつついた。泣きながらエルレインはナイフを見る。

「……あっち？」

よし、というようにナイフが揺れる。どうやら、エルレインはナイフが示す方向に行かなければならないらしい。うなずくと、ナイフはぱたりと地面に落ちた。

エルレインは、目を瞬かせた。今の今まで涙に濡れていた目をぐしぐしと擦る。それから、ナイフが示した方向に向かって歩き始めた。

よろよろとエルレインは進み続ける。その先に何が待っているのかもわからずに。

＊　＊　＊

見上げた天井は、見知らぬものだった。

（……殺す気だった、間違いなく）

夢で見ていたのは、どうやら前世と呼ばれるものと今までの人生の総集編だったらしい。頭の中が、妙にクリアだ。前世では、日本という世界で生きていた。五歳のエルレインと名前も知らない成人女性の意識が、エルレインの中で奇妙に混ざり合う。

前世では、家族の愛情に恵まれなかった。どうやら今回の人生では愛されないどころか憎まれていたようだ。

二度目の人生、いきなりこんなハードモードを突きつけられるとは思ってもいなかった。

エルレイン・エスパテーラ。エスパテーラ伯爵家の令嬢――いや、令嬢だった、だ。

三歳の頃からエルレインの周囲では不可思議な現象が発生していたらしい。前世の言葉で言うならポルターガイスト。

それが呪われた子という評価に繋がり、遠くに捨てられることになったというところか。

（……あの人達、無事に森から出られたのかな）

今にして思う。

エルレインを父から引き渡された男達は、無事に森を抜けられたのだろうか。魔物がいっぱいの地に来たのはたったの三人。おまけに、魔物を退けるための武器は、エルレインを荷馬車から降ろしたところに置きっぱなし。

――なんて、考えてもしかたないか。

どう考えてもエルレインは被害者。加害者がどうなったのかを考えたってしかたない。

それにしても、身体が重いし、あちこち痛い。夢で見たのは、男達と離れてひとりふらふら歩き始めたところまで。

（……ここ、どこ？）

ようやくその疑問が頭に浮かぶ。

夢の中でしていたみたいに、毛布を身体に巻きつけてきゅっと丸くなる。そうすることで、少しは安心できるような気がした。

身体はまだ、本調子ではない。目が覚めたのも一瞬のこと。再びとろとろと眠りの世界に引き込まれていく。

静かに室内に入ってきた人達には、エルレインは気づかないままだった。

口内にスプーンが差し込まれ、冷たい水が流れ込まされる。無意識のうちにこくりと飲み込んだ。

「おし、飲んだな」

「兄上、ゆっくり、ゆっくりですよ。ハロン、盥《たらい》の水変えてきてくれますか？」

「わかったー」

また、口の中に流れ込む冷たいもの。こくりと飲む。次から次へと注がれて、その度にこくこくと飲み干した。

「むー」

冷たい水はおいしいけれど、もういらない。唸ったら、もうスプーンは入ってこなくなった。

額に冷たいものがあてがわれる。

「……んん」

ぼんやりと目を開く。こちらを見下ろしている三人の少年。誰、とたずねようとしたけれど声にはならなかった。

「よく頑張ったな。ここまで来たら大丈夫だぞ」

一番年上に見える少年が、エルレインの顔を覗き込む。至近距離で見つめられて、目をぱちぱちとさせた。

「兄上。あまり側にいたらだめですよ。寝かせてあげないと――ハロンももう行こう」

それから、二番目だと思われる少年が、エルレインの顔を覗き込んでいた少年を引き離す。

一番年齢が下の少年は、エルレインの方にひらひらと手を振った。三人が静かに出ていくと、そっと扉が閉ざされる。

(頭が痛いな……)

たぶん、発熱しているのだろう。熱いし、関節が痛くて、起き上がる気にもなれない。

額に載せられているタオルがひんやりしているのが心地いい。

「……あちゅい」

額のタオルがぬるくなって気持ち悪い。ぽいと払い落したら、誰かがそれを取り上げた。再び額に載せられた時には、水で濡らしてくれたのかひんやりとしている。

今が昼なのか夜なのか、ここがどこなのかわからないまま日が過ぎていく。とろとろと眠り、時々目を覚ます。

エルレインが目を覚ましたタイミングでその時にいる人は変わっていた。メイドらしき女の人だったり、三人の少年達だったり。

皆、エルレインが目を覚ませば、水を飲ませてくれたり、流動食のようなものを口に流し入れてくれたりする。どうしたらいいかわからなかったから、素直に彼らに従った。

そうしているうちに熱が下がって、普通に起きていられるようになった。ベッドに起き上がると、三人の少年がばたばたやってくる。

「お、元気か？」

と、エルレインの顔を覗き込むのは、一番年上らしき少年。

「兄上が君を見つけたんですよ、ほら、兄上ちょっと離れて」

と、顔を覗き込んでいた少年を引き戻したのは、真ん中と思われる少年。

「ちっちゃいなー、ちっちゃいなー」

一番幼い少年は、エルレインの手を見てしきりにちっちゃい、と繰り返す。

（誰？）

エルレインは目を瞬かせた。たぶん、この家の子達なのだろうと思うのは、三人いつも一緒だし、顔がよく似ているから。

「もうベッドに座って大丈夫なのか？　あ、俺はラースな」

「ん」

こくりとうなずく。一番年上の少年は、ラースと言うらしい。それから、彼は隣にいる少年の肩を抱いた。

「こいつはメルリノ。俺の弟、そんでそっちがハロン。一番下の弟」

メルリノと呼ばれた少年は、長い髪を一本に束ねている。兄と目の色は同じだが、髪の色はオレンジがかっていた。

「メルリノです。よろしくお願いしますね」

「ん」

もう一度うなずいた。

「俺は、ハロン。元気になってよかったね！」

ハロンは兄ふたりとは違い、髪色は茶色に近い。三人とも、髪の色が違うだけで顔立ちはとてもよく似ている。

「お前、名前は？」

ラースが顔を寄せてくる。人好きのする笑みを浮かべた彼は、青い目をきらきらとさせていた。エルレインに興味を持っているらしい。

「兄上、そんなに顔を寄せちゃだめです」

「ラス兄さんもメル兄さんも、そこまでにしといたら？　この子、困ってるみたいに見えるぞ」

兄ふたりをぞんざいに呼んだハロンは、十二、三歳というところか。

「えりゅれいい」

「エリュレイ？　変わった名前だなー」

「えりゅれいいいい！」

ああ、やっぱり舌が回ってない。自分の名前すらまともに口にできないなんて。

寝たり起きたりしている間に試してみたのだが、この身体、どうやら舌が上手に回らないようなのだ。たぶん、ろくに会話していなかったからだろう。

五歳という年齢の割に小柄なのは、実家でろくな扱いを受けていなかったから。

（あれが、夢じゃなくて本当にあったことだとしたら、だけど）

夢の中でエルレインは、ほとんど放置されていた。会話もないし、食事も必要最低限。部屋から一歩でも出れば叱られた。舌が回らなくてもおかしくない。

「エリュレイじゃなくて、エルレイかな？」

「えりゅれいい」

よく考えたら、エルレインなんて名前、長すぎて貴族っぽい。とっさに名前の二文字だけとって「エルでいい」と告げたつもりなのに通じていない。

「兄上、たぶんエルでいい、じゃないでしょうか」

メルリノが助けを出してくれた。そうだ、エルと呼んでほしいのだった。エルレインなんて長い名前は嫌だ。夢の中で見たあの人達のことも考えたくない。

「あいっ」

はいと言いたかったのに。情けなくて顔が歪《ゆが》む。

「そっか、エルか。可愛いなー、可愛いなあ！　何歳？」

ハロンは、エルレイン――エルの乗っているベッドの側に座り込んで、うっとりとエルを見つめている。この子、いったいどうしてしまったのだろうとエルは身をすくめた。

「えりゅ、ごしゃい」

指を五本広げて出せば、三人は顔を見合わせた。

「ちっちゃ！　本当に五歳か？」

ラースが疑わしそうに言い、エルは頬を膨らませた。

「うそいわない」

「エル、どうしてあそこにいたのかわかりますか？」

と、今度はメルリノ。エルは首を横に振った。

実家は何とか伯爵と言ったと思う。夢の中ではしっかりと覚えていたはずなのに、忘れてしまった。エルレインという名前だけはかろうじて覚えていたけれど。

「……誘拐されてきたのかな。家はどこかわかるか？」

「んーん」

ラースの問いにも首を横に振る。家がどこにあるのかなんてわからない。

エルが覚えているのは、昼でも薄暗い部屋だけ。与えられていたのは、ぼろぼろの毛布。冬は部屋の空気が冷え込んで、毛布をぐるぐる巻きつけても寒かった。

「……おー、目が覚めたか」

と、扉を開いて入ってきたのは、四十代と思われる男性だった。背は高く、肩幅が広い。つまり、縦にも横にも大きいのだが、全身みっしりと筋肉に覆われている。

赤い髪を短く整え、青い目はまっすぐエルを見つめている。

「よしよし、起きられたのならいいことだ」

声も大きい。ベッドの側まで来て、頭をぐりぐりと撫でてくれたけれど、その頭を撫でる力も強い。手の動きにつられるみたいに、エルの頭もぐりんぐりんと揺れ動く。

「いたい……」

目にじわりと涙が浮かんだ。一度浮かんだ涙は、とどまるところを知らなかった。男性はそれにも気づいていない様子でなおもぐりぐりと撫で回した。

「たいの！　いたいの！」

ぼろぼろと目から落ち、頬を濡らし、胸元にまで流れ落ちる。

「父上！　父上は顔が怖いんだから、まだ来ちゃだめって言っただろ！」

「おいラース、お前父に向かって何という言い草だ！」

「こわいーー！」

目の前で親子喧嘩《けんか》が始まって、エルはわんわん泣いた。それはもうわんわんと泣いた。目が腫れ上がり、頬がひりひりするまで泣いた。

「うわーん！」

「ああ、泣くな、泣くな。俺が悪かったから！」

「父上はあっちに行って！」

慌ててなだめようとするものの、男性はハロンに追い出されてしまった。

「ごめんね、エル。父上も悪気はなかったんですよ……ただ、うちには小さな子がいないから、加減がわからなかっただけで」

困ったような顔で、メルリノがエルの頬に両手を当てる。ひくりとエルは喉を鳴らした。

メルリノの手から、じんわりと温かなものが流れ込んでくる。それにしたがって、ひりひりしていた頬も、腫れ上がっていた目も落ち着きを取り戻してきた。

「僕の魔術も、こういう時には役に立ちますね」

「お前はいつも役に立ってるだろ」

ラースとメルリノがパンと手を打ち合わせ、「俺も俺も」とハロンが両手を上げる。仲のいい兄弟の様子を眺めていたら、つい、くすくすと笑ってしまった。

「じゃあな、エル。まだ体力は回復してないから、いい子にしてるんだぞ」

ラースがそう言って、エルレインの頭を撫でてくれる。先ほど乱入してきた男性とは違い、その手つきは優しかった。

安心したエルはこくりとうなずく。メルリノとハロンも同じように頭を撫でてから部屋を出て行った。

三人がいなくなってしまうと、部屋は急にしんとしてしまったみたいに感じてくる。

「もう少しお眠りなさいね」

と、エルを横にならせたのは、メイドの服を着た女性だった。

そういえば、この人はいつもエルの部屋にいてくれた気がする。

(この人達は、どこかに行けって言わないのかな……)

上手に回らない舌では、エルの考えていることを彼らに伝えることもできない。これからどうしようかと頭を悩ませながらも、エルは再び眠りの世界に誘われていった。

＊　＊　＊

ラースは、父の執務室に入った。追い出された父は、しょんぼりと執務机に向かっていた。父の側に置かれている机で、副官のジャンは静かに書類仕事をしている。

「あの子、どうだった?」

「名前はエルだって。一応聞いたけど、家のことは覚えてなさそう。家名もわからないみたい」

「家名がないなら、平民だが――にしては、妙な気品があるな。貴族の子の可能性も捨てきれん」

父、ロドリゴ・カストリージョは、カストリージョ辺境伯としてこの地を治めている領主である。辺境伯領では、辺境伯も騎士団の一員として、魔物討伐にいそしんでいる。
代々この地を守ってきたと自負している父は、常に訓練を欠かさない。ラースにとって、尊敬すべき父親である。

「たぶん、三歳ぐらいだと思うんだよな……小柄な四歳かも。俺と話をしてくれなかったから、あくまでも想像だけどなぁ」

ラースと同じぐらい短く整えている髪を父はわしゃわしゃとやって嘆息した。
ラースも、ふたりの弟も、顔立ちは父ではなく母そっくりだ。ラースとメルリノの髪色と目の色は父のもの。ハロンの髪色は母の色を受け継いでいる。

「五歳って言ってた」

「は？　ちっちゃすぎるだろ……！　ロザリアがいてくれたら、子供の世話を頼めたんだがなぁ……」

辺境伯夫人である母は、普段は王都の屋敷で暮らしている。両親の仲は良好で、別居しているのは貴族達の間での情報収集に従事するためだ。

「父上、あの子、うちの子にしていい？」

「こら、ハロン。執務室に入る時はノックをしろと言ってるだろう」

扉も開けずに飛び込んできたハロンに向かい、父はいかめしい顔をした。ハロンはその場で棒立ちになり、それからくるりと向きを変えて部屋を出ていく。

部屋の外から、ノックの音が聞こえてきた。

「入れ」

「父上、あの子をうちの子にしてください！」

入ってくるなり、もう一度切り出した。

ハロンがそう願うのも、ラースもわからなくはなかった。エルは可愛い。ものすごく可愛い。ピンクがかった金髪も、ぱっちりとした目も可愛らしい。

何しろ、森の中で行き倒れていたエルを見つけたのはラースなのである。可愛いと思って当然だ。

(メルリノがいてくれたから、迅速に動けたんだけどな)

あの時、メルリノが一緒にいてくれたから、最適な行動を取ることができて助かった。

年下だけどメルリノは、ラースよりもずっと賢い。困ったことがあれば、メルリノに相談すれば間違いないと思っている。

「ハロン様、家族がいるかもしれませんよ」

と、ジャンが横から冷静な声をかけてくる。騎士としても一流で、父が魔物討伐に赴く際には、彼の援護が欠かせない。本名はジャンルカ・バルディーなのだが、皆縮めてジャンと呼んでいる。

「でもまあ、ジャンよ。あの子、自分がどこに住んでいたのかもわからないんだろ？　人買いに誘拐されたのかもしれんな。メルリノとお前で調べたんだろ？」

「ええ。魔物に襲われた馬車と、食い散らかされた遺体を見ました。地元の者も入らないような場所で、いったい何をしていたんだか」

ジャンが鼻を鳴らした。

あの時、メルリノは、エルの両親がいるのではないかと騎士団を引き連れて探索に赴いた。父が、ジャンを共につけたのは、彼を信頼している証だ。

捜索隊が見つけたのは、魔物に襲われ、横倒しになった荷馬車と、食い散らかされた馬と人間の遺体だった。残された服や持ち物から判断するとどうもまともな人種ではなかったようだという報告はラースも聞いている。

エルを誘拐してきた犯罪者だったとしても、本人達が話すことができないのだから、これ以上はどうしようもない。

「ねえねえ、いいだろ父上！　俺、妹が欲しかったんだってば！」

いつの間にか父の膝に載るようにして、ハロンはすっかり甘えた声を出していた。

「ハロン、そこまでにしとけって。父上も悪いようにはしないさ」

と、ハロンを父から引きはがそうとしていたら、そっと扉がノックされた。入室の許可を得て入ってきたのは、メルリノである。

「おう、メルリノ。どうした？」

「ええと、父上。あの子――エルのことで」

「お前もか」

「家の子にしてください」

膝の上からハロンを下ろした父は、立派な椅子の背もたれに背中を預けて嘆息した。

「俺は、あの子を引き取ってもいいと思っている。ロザリアも賛成してくれているしな。だが、あの子の気持ちもあるだろ？　親が捜しているかもしれん」

先ほど、顔を合わせた瞬間、泣きだされたことを思い出したらしく、父は渋い顔になった。

ガタンと音がしてジャンの方に目をやれば、机の上にうつむき肩を震わせていた。

「――おい、ジャン。お前、笑ってるだろ」

「いえ、笑っていませんよ」

「どうせ、俺は子供には泣かれる」

父はむくれた顔になった。

縦横共に大きく、日頃魔物と騎士達しか相手にしていない父は、幼い子供と顔を合わせると泣かれてしまうことが多い。城下町には何人か幼い子供もいるが、最初のうちは絶対に泣かれるため、初対面の子供の相手が少し苦手ではあるのだ。

「ロザリアに頼んで親は探すが、もう少しあの娘の体調が整ったら、どうしたいか聞いてみるさ。もしかしたら、城下町で暮らしたいかもしれないしな。それなら養い親か子供を育てる施設を紹介する」

「俺それ反対！」

「ハロン。あの子の気持ちも考えてやれ。な？」

頬を膨らませたハロンの頭を、父はぐりぐりと撫で回している。ハロンでさえもちょっと痛そうだから、きっとエルはもっと痛かっただろう。

＊　＊　＊

少しずつ、ベッドの上に起きていられる日も増えてきた。最初のうちは夕方になると発熱していたのだが、ここ数日は大丈夫だ。

床に降りても、関節が痛むということもない。

「よいしょ」

ベッドから降りるのも、小柄なエルは一苦労である。

（……これから、どうなるのかな）

ここ何日か、出入りしている三兄弟だの、使用人達だのの話を聞いて情報を繋ぎ合わせてみたのだけれど、どうやらエルはどこかからさらわれてきた子という認識らしい。

さらわれてきたのではなく、実の父親からあの男達に引き渡されたのだが、そのあたりについての説明は無理だ。

言葉もまだたどたどしいのに、そのあたりの複雑な事情を彼らに説明できるとも思えない。エル自身、わからないことも多いし、家名も忘れてしまった。意識を取り戻したばかりの頃は覚えていたのに。

それから、ここは、カストリージョ辺境伯の家だということも知った。エルを泣かせたあの大きな男の人が、辺境伯なのだそうだ。

(出てけって言われるかな)

どういうわけか、この屋敷に来てからはすっかりおさまっているけれど、エルの周囲ではいろいろと不気味なことが起こる。あれが再発したら、ここからも追い出されてしまうかも。だけど、ここを追い出されたら、どうやって生きていったらいいのだろう？　まだ、五歳なのに、外に放り出されて生きていけるとも思えない。

小さな子供を養育する施設はきっとあるだろうから、そちらで暮らすことはできないだろうか。

養育費については、大人になってから、働いて返せばいい。無謀だろうか。でも、その施設でも不気味な事件が起こったら？

なんてつらつらと考えていたら、いつになく難しい顔をした辺境伯がやってきた。

「あー、エル。ちょっとだけ話ができるか？」

「いいよ」

辺境伯が相手なのだから敬語を使うべきか一瞬考えたけれど、エルは首を縦に動かすにとどめておいた。この回らない舌で、敬語を使いながらの会話は面倒だし、たぶん、五歳児は敬語を完璧に使えない。

「お前、どこで暮らしたい？」

「わかんにゃい」

「だよなあ、わからんよなあ」

顎に手を当てている辺境伯は、エルを脅えさせないように少し離れたところから動かない。もう少し近くに来てくれてもいいのに。

（……怖くないよね）

最初に会った時には、エルもまだ混乱していた。辺境伯が恐ろしく感じてわあわあ泣いてしまったけれど、今ではそれが間違いだったとわかる。

辺境伯は、すごくエルに気をつかっている。

「あー、それでだな。エルが嫌じゃなければ、うちの子になるか？　男ばっかり三人いてやかましいが、食い物には不自由はさせん」

「ごはん」

「そうだな、ごはんだ。エルは、いい子だな」

辺境伯は、エルが食事に興味を示したことに目を細めたけれど、実のところ、辺境伯家の料理はまずい。まずいと言うか、薄味すぎる。

最初運ばれてきたパン粥については、病人食だからきっと味が薄いのだろうと思っていた。だが、それ以降、スープやシチュー、卵料理などなど、少しずつ食べられるものは増えていったけれど、どれも味がしないのだ。

頑張って食べればお腹がいっぱいになるし、食べないと倒れてしまうというのは前世の知識からわかっている。だから、できるだけ口に運ぶようにはしている。

「えりゅ、いいこ？」

「ああ、いい子だとも。よく、あの状況で生き残ったな。偉いぞ」

辺境伯は詳しいことは言わなかったけれど、屋敷内の噂でエルはちゃんと知っている。あの時、エルを捨てて逃げた男達は、魔物に襲われて死んだそうだ。

男達から離れていたおかげでエルだけ助かったと思うと、不思議な気持ちにはなる。

「えりゅ、いいこ」

人から誉められたのは久しぶりな気がする。生家では、エルは忌むべき存在として、家族の目にすら触れないよう隠されていたから。

「いいこ」

その言葉を繰り返してにこにことしていたら、辺境伯もまた柔らかな表情になった。

最初は怖いと思ったけれど、こうしてみると目鼻立ちは整っている。若い頃は美男子と呼ばれていたかもしれない。

「えりゅ、へんきょーはく、しゃまの子になりゅ」

「よし、そうするか。もし、もうちょっとお前が大きくなって、家の子になりたいと思ったら、正式に養女になってもいいしな」

正式に養女って、拾ってきた子を養女にしていいのだろうか。けれど、それは今エルが考えるべきところではないだろう。

「あい。へんきょーはく、しゃま、ありがと！」

「あー、長いな。俺はロドリゴ。そう呼んでもいいぞ」

「ろどりごしゃま」

ああ、やっぱり舌が回らない。エルは眉間に皺《しわ》を寄せたけれど、ロドリゴはにこにことして、エルの頭を撫でた。やっぱり力の加減はわからないらしく、ぐりんぐりんと撫で回されて、エルの頭もぐらぐらする。でも、それが嫌ではなかった。

第二章　料理無双を始めましょう

エルの部屋には、三兄弟が入れ替わり立ち替わり、時には三人まとめてやってくる。三人ともどうやらエルのことを可愛がってくれているというのは理解した。あと、辺境伯家の使用人がエルの面倒を見てくれているのも把握した。

（……お腹空いた）

近頃では、少し食欲もわいてきたが、食事の時間が憂鬱なのである。

「ほら、エル。あーんして」

今日の食事当番は、どうやらハロンが担当してくれるらしい。上半身を起こし、背中にクッションをたくさん当てたエルの前に、スプーンが差し出された。

ふーふー息を吹きかけて冷ましてくれたから、熱くはないのはわかっている。けれど、エルの食欲が進まないのは……。

（味が、ない）

病人食だからと言って、味がないにもほどがある。わかるのは、食感だけ。甘いのかしょっぱいのか、何ひとつわからないのは薄味にしすぎだと思う。出汁も使われていないし。

それもしかたないのかもしれない――だって、騎士団員が順番に料理当番を務めていると聞いた。今エルに付き添ってくれているメイドは城下町からの通いだそうで、騎士団の厨房にまでは入ることは少ないらしい。

「食欲ない？　いっぱい食べないと大きくなれないぞ」

困ったような顔をして、ハロンが首をかしげるから、エルも困ってしまった。おいしくないと言うのは失礼だ。でも、おいしくないものはおいしくない。

「む」

ハロンをこれ以上困らせるのも申し訳なくて、大きく口を開ける。開いた口の中に差し込まれたスプーン。流し込まれたスープをごくりと飲み干す。

「ぱん、ほちい」

「はーい。パンな。どうぞ」

一口大にちぎられたパンを口の中に入れて、もぐもぐと咀嚼。味はしないが、栄養だと思えば我慢できる。

明日には食堂で食事をしていいと言われているから、もうちょっとましな食事ができるだろう、きっと。

「お、エル。食事はすんだか？」

「これ、お土産です」

エルが食事を終えた頃、やってきたのはラースとメルリノだった。ふたりの手には、柔らかそうなぬいぐるみがある。

「なぁに？」

「ハッピーバニーの毛皮で作ってもらったんだ。ふわふわだぞ……！」

満面の笑みでラースが茶色のぬいぐるみを差し出した。メルリノは白いぬいぐるみを差し出す。どちらもウサギのぬいぐるみだった。

ハッピーバニーの肉は、シチューにするとたいそう美味らしい。

エルは実物は見たことがないけれど、毛皮もちゃんと有効利用されているのか。その有効利用の先がぬいぐるみというのがありなのかどうかは謎だけれど。

「あー、兄さん達ずるい！　俺だって、エルにぬいぐるみやりたかった！」

思いがけないところで地団太を踏み始めたのはハロンである。今日は、エルのお世話係担当だったから、ぬいぐるみを頼みに行く余裕はなかったようだ。

「だと思って、お前の分も毛皮は用意しておいたぞ。頼むなら、工房に行ってこい」

「本当に？」

「もちろん」

ラースの言葉に、ハロンは飛び上がって喜んだ。

「やった！　さすがラス兄さん」

「頼んだのはメルリノな」

「メル兄さん、ありがとう！」

ぴょんとラースとメルリノに飛びついてお礼を言ったハロンは、食べ終えた食器の残ったトレイを放置して、ばたばたと出て行ってしまった。

「こーぼう？」

エルは、首をかしげた。工房って、何だ。

「あー、エルは知らないかもしれませんね。うちの騎士団、自前の工房を持っているんです」

エルにも丁寧な言葉遣いなのは、メルリノの癖らしい。誰に対してもそうなのだとか。

そのメルリノの説明によれば、騎士団で使う装備品を作ったり修理をしたりするための工房が、城の敷地内にあるらしい。

そこでは、騎士団員が使う武器や防具だけではなく、制服を作ったり、畑で使う道具を作ったりもしているそうだ。

ラースとメルリノがぬいぐるみを依頼したのは裁縫部だそうで、エルのためと言ったら、喜んで作ってくれたという。

「おれい、言う」

「そうだね。起きられるようになったら行こうか」

「ロドリゴしゃま、あす、起きていいって言った」

ベッドからまだ出してもらえないのは、エルが本調子になるのを待っているからだ。

「たくさん遊ぼうな」

「僕とも遊びましょう。ハロンともね」

「あい」

ふたりから渡されたぬいぐるみに頬ずりをしてみる。

えへへ、と頬が緩んだ。

物心ついてから、エルの部屋にはおもちゃはなかったし、こんなにふわふわで手触りのいい品も置かれていなかった。

辺境伯家の人達は、エルを本当に可愛がってくれているらしい。

いつまでここにいられるのだろうという不安は、心の中に封じておく。きっと、ロドリゴは悪いようにはしないから。

「裁縫部の人、夕方には完成させてくれるってさ！」

ばたばたと戻ってきたハロンが、満面の笑みで叫ぶ。ハロンのために残されていたのは、黒い毛皮だったそうだ。

「ありがとう、はろんしゃま」

「んー、その呼び方はやだなあ。うちの子になるんだろ」

ハロンは首を横に振ったけれど、まだ正式にそうなったわけではない。

「はろんおにいしゃん？」

噛んだ。お兄さんすらまともに言えないなんて。

「らーしゅおにいしゃん、めりゅりのおにいしゃん」

エルが噛みまくっているのを見て、三兄弟の肩が揺れている。ひどい。わざとやっているわけじゃないのに。

「むー！　にぃに！」

お兄さんと言わなくても、もういいか。半分やけだ。

「らしゅにぃに、めるにぃに、はろにぃに！」

ラース、メルリノ、ハロンを順番に指し、足をばたばたとさせる。

「いい、それいいな！」

ラースがエルを抱きしめる。

「好きなように呼んでくれたらいいですよ」

と、メルリノ。

ハロンは、ラースごとエルに抱きついて頬ずりしてくる。

（……この人達、本当に大切にしてくれる……）

呼び方については、ちゃんと話せるようになったら改めよう。

こうしてエルのベッドでは、黒、白、茶色、三体のぬいぐるみが、エルと枕を分け合うことになったのである。

翌朝、エルはうきうきとベッドから起きた。

「あー……」

身体がぐらりとする。トイレぐらいまでは歩いて行くようにしていたけれど、まだ完全に体力は戻っていない。

「おはようございます、エル様」

エルが寝込んでいる間、付き添ってくれていたメイドが部屋に入ってきた。数人のメイドが当番制で面倒を見てくれるのだが、今日は、彼女がお世話してくれるようだ。

「エル、エル様じゃないよ?」

「大事なお子様ですからね。エル様とお呼びしますよ」

お子様。そういう扱いなのか。でも、ロドリゴは正式に養女にならなくても家の子になればいいと言っていたから、準辺境伯家の子という扱いなのかもしれない。

入ってきたメイドは、エルが身に着けていた寝間着をすぽんすぽんと景気よく脱がせていった。そして、新しい服を着せてくれる。

エルに合わせて新しく作られたのか、下着は新品、肌触りもとてもよかった。そして、その上から白いブラウス、茶色のワンピースを重ねて着せつけられる。

スカートの下には、ワンピースと同じ生地で作られたズボンのようなものを履かされた。これで、転んでも淑女としての嗜みは失わないですむらしい。

髪の毛は、両耳の上で結わえられた。いわゆるツインテールの形だ。

「エル、着替え終わった？」

扉の向こう側から声がする。どうやらハロンらしい。エルは、メイドの顔を見上げた。

「おすみですよ、ハロン様」

「よし、行こうか。可愛いなあ、エルは今日も可愛い」

メイドが返事をするなり、扉がバンと開かれた。入ってきたハロンは、満面の笑みでエルに抱きついてくる。

「兄さん、俺とエルが手を繋ぐから」

「ちっ、先を越されたか！」

手を繋ぐ宣言なんかしてどうするのかと思っていたら、扉の外にラースがいた。メルリノも、外で待っている。

「ふふん、今日、最初にここに来たのは俺だもんな！」

「明日は一時間早起きすることにしよう」

「僕も僕も」

ラースの発言に「え」と思っていたら、メルリノまで一時間早く起きる宣言を始めてしまった。そこで同調するのはどうなのだ。睡眠時間を削るのはよろしくない。

ハロンと手を繋いでいない方の手を、エルはぴしっと上げた。

「あしたは、らしゅにぃに。あしたのあしたは、めりゅにぃに」

早起きするより、順番を決めてしまった方がよほど楽。エルの提案にラースはぽんと手を打った。

「エルは、賢いな！　そうしよ！」

「喧嘩になるよりいいかもしれませんね」

メルリノも賛成してくれて、ようやく朝食に向かうことになる。先頭を行くのは、エルと手を繋いだハロン。

ハロンは今年十三歳。前世の感覚で言えばまだまだ子供なのだろうけれど、この世界ではもう半分大人として扱われるそうだ。

彼の手を握ってみると、ごつごつしているのにびっくりした。騎士団の一員として訓練をしているとは聞いていたけれど、本当に真面目に訓練しているらしい。

「ハロにぃに」

「やっぱり、にいにって言うのいいな。可愛い！」

ひょいと抱き上げられたかと思ったら、ぎゅーっと頬を寄せられる。エルがいくら小柄とはいえ、こんなにも軽々と抱き上げられるとは思ってもいなかった。

食堂まで手を繋いでいくはずが、そのまま担ぎ込まれてしまった。

入った食堂は、かなり広い部屋だった。

前世で言えば、体育館ぐらいの広さはあるだろうか。そこには長テーブルが何台も置かれていて、騎士団員達が着席していた。

彼らが身に着けているのは、黒を基調とした騎士服である。若者から壮年、老年にいたる者まで、年齢も様々。中には、ハロンと大差ないのではないかという少年もいた。

「父上、見て見て！」

「ずるいぞ、ハロン。俺にも抱かせろ！」

立ち上がったロドリゴは、ハロンの手からエルを取り上げた。そして、頬をぐりぐりと寄せてくる。

「痛い！　痛いよ！　じょりじょりする！　じょりった！」

まだひげをそっていないのか、頬を寄せられると、ジョリジョリとしたひげの感触がする。

そこまで本気で痛がっているわけでもないけれど、痛いものは痛い。

「じょりった……悪かった。痛かったな」

「ぐりぐりしない！」

またもや大きな手で頭をぐりぐり撫で回す。どうにもこうにも加減というものができないらしい。

頬はひりひりするし、目はぐるぐるするし、朝から大騒ぎだ。でも、悪い気はしない。

エルを抱き上げたまま、ロドリゴは集まっている騎士団員達をぐるりと見回した。

「あー、そういうことでな。うちで引き取ることになった。俺の娘のようなものだと思ってくれ。ロザリアもそれでいいと言っている」

「かしこまりました」

こちらに、一斉に騎士団員達の視線が突き刺さり、思わずロドリゴの首に回した手に力がこもる。

「ああ、主だったやつは紹介しておくか。ここに座っているのはジャンルカ。俺の右腕な。長いんでジャンでいい」

「よろしくお願いします」

ジャンルカと紹介されたのは、三十代と思われる男性だった。

騎士団員の中では、線が細いように見える。長めの茶髪を、首の後ろでひとつに束ねているのはメルリノと同じだった。

穏やかそうな物腰で、騎士服を来ていなければ騎士団員というより、文官に見えただろう。そんな雰囲気だ。

それから同じテーブルについている人達が紹介され、別のテーブルに移る。ひとり、不満そうな顔でこちらを見ているのが気になった。

「アルド、どうした？」

「いえ、何でもないっす」

アルドと呼ばれた騎士は、ロドリゴに見つめられて首を横に振った。エルにだってわかってしまうぐらい、不満そうな顔をしてたのに。

「あー、アルドはな、王都から来た騎士なんだ」

「おーと？」

「王様が住んでいるところだな。ここからはどえらい距離があるぞ」

王様が住んでいるところって、そんな大雑把な説明を求めていたわけではないのだが。

遠いところから辺境伯家に来ているあたり、よほど腕が立つのか。別の理由があるのか。

「よろしく、お嬢さん」

「エリュ、おじょうさんじゃない」

「……そう？」

王都から来た騎士というのはよくわからないけれど、何だかアルドは油断してはならない雰囲気だ。明らかにカストリージョ家の人々と雰囲気が違うというか。

ふっと横を向いた時に、耳飾りが長めの金髪から覗いた。二十代前半というところだろうか。

ずいぶんなオシャレさんらしい。

それから、経理を担当している者、医療所を担当している者など、主だったメンバーを紹介してもらってから、食事が始まる。

「エルはここな？」

与えられた席が、ロドリゴの隣でいいのだろうか。普通の椅子では背が足りないと、エルの席には、もうひとつ補助椅子のようなものがつけられていた。

「いただきまーす」

日本ではひとりの時もしていた食事の合図。ふわふわのパンに、スープ。

それから卵料理。ベーコンやウィンナー等もテーブルには用意されていて、足りない分はそこから自由に取っていいらしい。

「うまー」

隣では、ラースがスープをすくっていた。それだけの声が出るのだから、ここでの食事は病人食と違っておいしいのだろう。

期待しながら、エルもスープにスプーンを入れた。そっとすくって口に運ぶ。

「……ない、よ」

味が、しない。スープは適温だけれど、味がしない。

それから、パンを手に取った。バターをたっぷりつけて口に運ぶ。

これまたやっぱり味がしない。

「ないよ……おいしくない……」

ぼろっと涙が零れた。食堂に行けば、おいしいご飯が食べられると思っていたのに、これはどういうことなのだ。

「どうした？　泣くほどまずかったか？」

「辺境伯様！　まずいって……」

「そりゃ俺達料理上手じゃないですけど！」

今日の食事当番だったらしい騎士達が口々に言う。どうやら、エルのスープは、他の皆と同じものが出されていたらしい。

「どうした、エル。言いたいことがあるなら言え」

「味、ないよ」

エルはスープを指さした。隣でラースがきょとんとしている。メルリノはラース越しにこちらを覗き込むようにしていた。

「スープの味がしない？」

「うん。ない。これも、ない。ない、ない、ないの！」

バターたっぷりのパンを指さしたエルを見て、ロドリゴは眉間に皺を寄せた。

「味がしないわけはないと思うんだが……よし、お前達はこのまま食事を続けろ。エルは俺と厨房な」

ひょいとエルを担ぎ上げたロドリゴは、そのままずんずんと進む。

食堂を出たかと思ったら、その隣にある厨房にエルを運び込んだ。厨房の奥には、食料保管庫がある。

「──食べられそうなものはあるか？」

「……む」

エルは、ぐるりと保管庫内を見回した。ロドリゴはエルを下ろすと、大きな扉を開ける。そこは、冷蔵庫だった。

中にはミルクやバター、肉類がしまわれている。それから、果物のようなものも。

「それ、ほちい」

「骨だぞ？」

「いりゅ」

エルは、もらった骨を調理台の上に置いた。背が届かないので、よいしょと手を伸ばす。それからきょろきょろと見回し、ジャガイモ、ニンジン、玉ねぎをゲット。

「切りましゅ」

舌が回っていないというのに、切りたいだなんて、ロドリゴに馬鹿にされるだろうか。だが、ロドリゴはエルを止めるつもりはないようだった。

「切る？　切るのか？」

「はい。切ります」

今度はちゃんと言えた。自分で料理すればいいのだ。自分好みの味つけで。

（もしかしたら）

料理の味がしないのは、この家の人達とエルの味覚が合っていないという可能性もある。この家の人達は十分おいしいと思っているけれど、エルだけおいしいとは思えないそんな味。

「エル、自分で切れる」

「それは許可できないなー……危ないからな？」

ロドリゴが、今度は賛成してくれなかったので、エルはむくれた顔になった。野菜を切らねば、スープが作れないではないか。

「……よし、俺が切ってやろう」

「ロドリゴ様、切れる？」

「おう。俺も、料理当番はするからな」

エルは目をぱちぱちさせた。

ロドリゴも、料理当番をするって、本気だろうか。でもまあ、包丁を握らせてもらえないのなら、ロドリゴにやってもらおう。

「骨、煮る、です。ことこと、する」

「わかった。骨を煮るんだな？」

けれど、ロドリゴは、そんなことには頓着していないらしい。エルの言う通り、ことことと骨を煮込んでいる間に野菜を下ごしらえする。

エルの目の前で、包丁を取り上げたかと思ったら、意外にも鮮やかな手つきでジャガイモの皮を剥き始めた。

それから、ニンジン、玉ねぎ、とエルが指定したように下ごしらえをしてくれる。料理当番をしているというのはだてではないらしく、あっという間に綺麗に準備が終わった。

あくをすくいながらある程度煮込んだら濾《こ》してスープと骨を分ける。スープを戻した鍋に切った野菜を入れ、冷蔵庫にあったベーコンも入れてくれるように頼む。

ロドリゴは、何の疑問も抱かず、エルの指示に従ってくれた。

（……この人）

口だけの人ではないだろうと思っていたけれど、本当にエルの言葉に従ってくれる。なんて、懐が広いんだろう。

やがて、食事を終えたらしい騎士団員達が、食べ終えた食器を厨房に返し始めた。

「あれ、いい香りがしますね」

と、鼻をひくひくとさせたのはメルリノである。

「父上、何をしているの？」

「エルがこうしろって言うからな……」

ローリエに似た葉っぱも入れて、ぐつぐつと煮込まれている野菜。けれど、エルは違和感を覚えていた。

（香り……しない……）

調理台の側に、ロドリゴは大きな樽を置いてくれた。

危なくないようにエルはそこに座って厨房の様子を確認しているけれど、たしかに、これだけくつくつと煮込んでいるのなら香りがしてもいいはず。なのに、香りを感じ取ることができない。

（……もしかして、これって）

こちらの世界にはそういった知識はないかもしれないけれど、日本人としての前世を持つエルには、思い当たる節があった。

味覚障害である。

栄養状態が悪くなっていたり、ストレスがたまっていたり、病気や事故の後遺症だったりと原因はいろいろ考えられるらしいが、味覚が鈍くなったり失ったりするのはさほど珍しい話ではなかった。

たしか、味覚だけではなく、嗅覚も失うのではなかったか。味覚と嗅覚は密接なかかわりがあったはずだ。

だが、まだ、結論が出たわけじゃない。

「塩、入れる」

「どのぐらいだ？」

「このすぷん、みっつ」

「このスプーンで三杯だな」

ロドリゴは、塩の壺からスプーンで三杯、鍋に入れた。おしまい、と言うエルの言葉を聞いて、鍋を火から下ろす。

そして、平たく小さな皿に少しだけよそうと、冷ましてからエルに渡してくれた。

「味見してみろ」

用心深く、自分でももう一回ふーふーしてから器を口に寄せる。けれど、まったく味がしなかった。

「……ない」

エルの目からぼろりと涙が落ちた。こんなに悲しくなったのは、目を覚ましたあの日ぐらいだろう。

「あじ、ない！　おいしくない！」

どうりで食欲がわかないはずだ。味覚そのものが奪われている。

冷静に考えれば、三歳から五歳になるまでの間、ずっと部屋に放置されていた。食事も運ばれてはくるものの、エルと一緒に食事をしてくれる人はいなかった。

冷めたスープ、硬くなったパン。たまに肉や魚がつけばいい方で、本当に最低限命を繋ぐだけの食事しか与えられてこなかった。

それから荷馬車に積み込まれ、魔物がたくさんいる森に放り出された。この城に運び込まれてからは、生きるか死ぬかの線をさまよった。

小さな身体にたくさんの負担がかけられていたわけで、味覚が失われてもおかしくないのかもしれない。

「ない、ない、ない……ないよ……」

味覚があるからこそ、食欲も出てくるというもの。絶望という言葉に襲われたような気がした。

だが、ぼろぼろと泣いている空気を破ったのは、ラースだった。勝手に鍋からスープをすくい、それをごくごくと飲んでいた。

「うまい。これ、めっちゃくちゃうまいぞ、エル！」

「おいし？」

目からぼろぼろと涙をこぼしながらラースに問う。彼はうんとうなずいた。

「ああ、エルは天才だな！」

「作ったのは俺なんだけどな！」

丁寧に骨から出汁を取ったスープである。まずいはずはない。

エルだって、自分に味覚が失われていると思うまでは、おいしいスープが飲めると思っていたのだから。

「なあ、父上。今日は、エルに厨房の手伝いしてもらったらどうだ？」

「このスープめちゃくちゃ上手いぞ。父上が作ったのとはまったく違う」

遠慮のないラースの言葉に、苦笑しながらもロドリゴはスープの器を受け取った。そして、一口飲んでうなずく。それを待っていたかのように、ラースはエルに誘いをかけてきた。

「エル、よかったら、厨房の手伝いをしてみないか？」

「お手伝い？」

この時エルは、ひそかにラースに対して舌をまいていた。

彼は、気づいている。エルが、ここにいてもいいのかどうか迷っていることを。

まだ子供だし、騎士団の役には立てないし、辺境伯家のためにも役立てない。そんな自分が、ぬくぬくとここで暮らしていていいのかをひそかに迷っていた。いずれ追い出されるだろうとも思っていたし。

三兄弟にもロドリゴにも気づかれていないつもりだったのに。

「いいですね、それ。父上、そうしましょうよ」

と、横からラースの援護に入ったのはメルリノである。彼もまたスープの味見をしてからうなずいた。

「ここで暮らしている者は、全員お手伝いするのが基本でしょう？　僕もハロンも、小さな頃からできることはしていたし、いい考えだと思います」

まず、子供達に与えられるのは、洗濯物を畳むことだそうだ。シーツは、ふたりで力を合わせて畳む。そして、綺麗になったシーツをそれぞれの部屋に配達するのだ。

それから厨房で野菜を洗ったり、皮むきをしたり。診療所で空になった瓶を洗浄するのも子供達の仕事だった。

「エルも、自分で食べられそうなものを作れる方がいいだろ?」

結局、ラースの言葉が決め手になったのだろうか。

エルに厨房に入る権利が与えられた。危なくないように、火から遠いところにいることという条件をつけられた上で。

＊　＊　＊

食事を終えたあとは、騎士団は三組に分かれて行動する。

まずは、訓練所で訓練にあたる組。決められたルートに沿って、見回りに出ていく組。何かあった時すぐに出られるように待機する組。この組は、待機の間に、書類仕事をしたり、武器や防具の手入れをしたりするよう決められている。やるべきことをやってしまえば、自由時間だ。

定められた時間が過ぎたら、交代して、次の日程へ。午前中にすべての日程をこなす。順番に昼食をとったら、午後も同じように交代しながら、自分の組の任務にあたる。夕方まで騎士達はこうして過ごす。

ロドリゴは、騎士達の訓練を見ることもあれば、執務室で仕事をすることもある。

今日は、訓練はアルドに任せることにして、溜まってしまった書類をジャンと一緒に片付ける方を選んだ。

「思いきったことをしましたね」

「まあ、賢い子だというのはわかるからな」

机から声をかけてきたジャンに向かって、ロドリゴはうなずいた。

エルの素性については謎だ。貴族の娘の可能性もあるけれど、該当する貴族の娘に心当たりはない。王都のロザリアに連絡して、行方不明の貴族の娘がいないかどうかを確認してもらっているところだ。

「たしかに賢い子、ですね。どこか危うい気もしますが」

顎に手を当てて思案の表情になったジャンは、首を振って、机に積まれていた書類を取り上げる。彼は書類に意識を向けたようだった。こちらにはもう意識は向いていない。

(……立派な副官になってくれたな)

もともと、ジャンには兄がいた。ジャンの兄もまた、ロドリゴを支える騎士であるのと同時に親友でもあった。

——けれど、二十年前。

魔物討伐に赴いた時、ジャンの兄はロドリゴをかばって命を落とした。

もちろん、魔物の生息地を領地内に持ち、日々戦っている以上、命の危険があることは承知していたつもりだった。

ロドリゴとて、自分の命が大切であることを忘れたつもりはないのだけれど——。

『兄も本望だったでしょう。今後は、俺が兄に代わってお仕えします』

本人だってショックを受けているであろうに、ジャンは涙を浮かべた目でそう言い切った。

一人称も、俺から私に変わり、急に大人になった。

あれから二十年。ジャンに十分報いることはできているのだろうか。他の者には向けない信頼をジャンには向けているつもりであるが。

（……たしかに、思いきった行動と言われればそうかもしれないな）

亡き親友のことは、いったん横に起き、自分が保護した子供のことを考える。ラースが小さな女の子を抱えて帰ってきた時、何があったのかと思った。

ジャンとメルリノに部隊をひきいて捜索に行かせ、医療所にいる医師を呼んで診察してもらった。

何があったのかわからないが、手足には縄の跡が残っていた。やせ細り、弱った身体。傷だらけの足。

どうやら人さらいにあったようだと判明し、保護することにしたわけだけれど、あの娘にはどんな事情があるのだろうか。

「ロドリゴ様」

「何だ？」

「エル様の件なのですが、医師によると、味覚を失うというのは時々見られる症状だそうです。過酷な経験をした者に見られることもあるのだとか」

「そうか。過酷な経験、な……」

自分の家がどこにあるのかもわからない。かろうじて覚えていたのは、名前と年齢だけ。五歳だと言い張る割に、小さな身体、回らない舌のことを考えると、胸のあたりが痛くなるような気がした。

誘拐されたというだけではなく、エルは、長い間ろくな扱いを受けていなかったようだ。味覚を失ってもおかしくはない。いや、命を失ってもおかしくはない状況だったと推測できる。

「しばらくの間は好きにさせておく。それで、問題ないだろう」

「承知しました。していいことと悪いことは、ある程度わかっているようですからね。私も目を光らせておきます」

「頼んだ」

ジャンは頼りにして大丈夫だ。

どうか、少しでもエルにとっていい方向に進みますように。

そう願わずにはいられなかった。

＊　＊　＊

厨房に入る許可をもらうことができた。それはそれでいいのだが、さて、調理台が遠い。

「この樽使っていいって、父上が言ってたぞ。包丁は危ないから、俺に任せろ」

「じゃあ、僕は野菜を洗ってきます」

「俺は？　俺も手伝う！」

樽を運んできてくれたのは、ラース。食事用の野菜を洗いに行ったのはメルリノ。ラースの横で、ハロンはぴょんぴょんと飛び跳ねている。

「ハロにぃには、お塩、胡椒、探してください」

心のどこかでは甘えすぎではないかと思うけれど、舌が回らないのだからしかたない。しばらくの間は「にぃに」呼ばわりをさせてもらおう。

エルが見る限り、喜ばれているような気がしなくもないが。

「メルにぃに！」

「はーい」

手を振ると、野菜を洗っていたメルリノは顔だけこちらに向けてくれる。

うん、大丈夫だ。問題はない。これがエルの初仕事だ。本当は自分で切りたいけれど、失敗はできない。

背伸びをして、調理台の上を覗こうとする。少し離れたところに包丁が置かれていた。

「お野菜、切る……切る、る……?」

首をかしげたのは、今、包丁が動いたように見えたから。

気のせい、だろうか。

いや、気のせいではない。

横倒しになった包丁がずずずっと調理台の上を移動してくる。そして、エルの目の前まで来るとピッと直立した。

「ぴゃー!」

「ぴゃーって何……わあ!」

包丁を見たハロンも声をあげた。

けれど、エルはちょっと驚いただけ。さほど怖くはない。

「……ほうちょうさん」

ごとん、とお尻? の部分を台に打ちつけて、包丁はエルに挨拶した。挨拶でいいんだろう、たぶん。

「……その包丁、精霊がついてるみたいですね」

洗った大量の野菜をざるに入れて持ってきたメルリノは、ハロンとは違って落ち着き払って、包丁に目を向ける。

「精霊がついているなら二回、音を立ててみてください」

コンコン。二度、柄の部分が調理台に叩きつけられた。

こちらの言葉が通じているみたいだ。怖くないのは、精霊だからか。

「メルにぃに、精霊さん？」

「時々ね、精霊がこうやって物体に宿ることがあるそうですよ……ものすごく珍しいとも聞きますが」

もしかして——エルが実家にいた頃、家具が動いたり、室内に置かれていたものが動き回ったりしていたのは、精霊のせいだったのだろうか。

精霊がこんな形で物体に宿るなんてエルは知らなかったし、知っていたところで生家の人達に上手に伝えることができたかどうか。

何しろ、最初にポルターガイスト現象が発現したのは、エルがまだ三歳の時だった。

「エル」

「はい」

「包丁の精霊さんに名前をつけてあげてください。きっと、力になってくれるから」

「なまえ……あなたの、お名前」

包丁は、柄の部分をゆらゆらと揺らしながら待っている。たしかに、エルが名前をつけるのを待っているみたいだ。

「あなたのお名前はベティ、ベティにする」

すると、包丁がきらりと輝いたように見えた。

（……お友達だ）

本能的に理解する。これは、エルと精霊――ベティの間に契約が結ばれた証。

なんだ、とおかしくなってしまった。

あの人達は、エルは魔術が使えないし、呪われていると言って閉じ込めたけれど、呪われていたわけじゃなかった。ただ、エルの周囲で精霊達が騒いでいただけのこと。

「一緒にいてくれる？」

いるよ、と聞こえた気がした。

ワクワクしながら、エルは樽によじ登ろうとした――けれど、無理だったので、ラースがひょいと持ち上げて座らせてくれた。

「ベティ、お野菜、切ります。シチュー、作ります」

ごろごろお野菜のクリームシチューを作るつもりなのだ。

残念ながら、エルの味覚は失われたままだけれど、ここの人達は温かい。彼らが喜んでくれる料理を作ろう。精霊達も、きっと喜んで協力してくれる。

「俺の仕事なくなったなぁ……」

「お野菜、ラスにぃにも切ります」

「ああ、ベティだけに任せる必要はなかったか」

騎士団員全員分の調理をしなければならないので、包丁は何本も置かれている。メルリノとハロンもそれぞれ包丁を取り上げた。

「次。鶏さんのお肉」

冷蔵庫から鶏肉と思われる肉を出してきた。出してきたと言っても、運んだのはハロンだけれど。

「あー、これ鶏肉じゃないぞ。これは、フェザードランの肉だな」

どうやらここでは、魔物の肉が普通に食されているようだ。ハロンの言うフェザードランというのは、ドラゴンの亜種とされている。

羽根が生えていて、大きなトカゲのような姿をしている。肉質は、たしかに鶏肉のようで、非常に美味なのだとか。

「ふぇざーどらん……」

ドラゴンではなく、ドランなのは、ドラゴンの亜種であることを示しているらしい。

それはともかく料理である。

お腹の肉がシチューに向いているそうなので、その部位を選んで皆で切ってもらう。ちょうどいい大きさに切り分けたなら、フライパンで肉に焼き目をつける――焼こうとしたら、今度はフライパンが飛んできた。

「飛んでる」

思わずつぶやいてしまっても、しかたないと思う。

空中をふよふよと飛んできたフライパンは、エルの前に着地した。

「……お名前、つける？」

聞いたら、うなずいているかのように左右に揺れる。どうやら、ベティと同じように名前をつけてほしいらしい。

「えっと……えっと、ジェナ、ジェナでどうかな？」

いい名前なんてすぐに思いつくものではない。迷いながらではあったけれど、提案したらフライパン――ジェナも喜んでくれたみたいだった。

（……変なの）

実家で暮らしていた頃、精霊が側にいるのだと知っていたら、あんな扱いは受けないですんだだろうか。何を言ったところで、今さらではあるけれど。

「エル、作るんだろ？」

「作りましゅ」

あー、と頭に手を当てる。この赤ちゃんみたいなしゃべり方、いつまで続くんだろう。焦ってもしかたないのはわかるけれど、いつまでもこのしゃべり方を続けたくはない。

気を取り直し、ジェナに向き直る。

「ジェナ、ふぇざーどらんを焼く。お野菜も焼く。できる？」

できる、とフライパンが揺れる。

そして、ジェナはひょいと調理台に飛び乗った。料理に使うのは、魔道コンロだ。これは、魔物から取れる魔石を使ったコンロで、前世でのガスコンロのような使い方ができる。

フライパンが温まってきたところで、バターを溶かしてフェザードランの肉に焼き色をつける。フライパンが、火のすぐ側まで下りたり、ちょっと浮いてみたり、絶妙な加減で焼いてくれている。

「メルにぃに。ラスにぃに。お肉を焼いてください」

「わかった」

ジェナだけでは、騎士団全員分の調理はできないので、横でメルリノとラースにも同じことをしてもらう。

焼き目のついた肉をいったん上げ、同じフライパンに野菜を投入。野菜が少ししんなりしたところで火を止めた。大きな鍋に肉と野菜を移し、コトコトと煮込んでいく。

その間に、シチュー用のホワイトソースを作らねば。

「ハロにぃに、小麦粉をふるってください」

大きめのボウルに小麦粉をふるって用意しておく。

今度は、ジェナと名付けたフライパンを火にかけてバターを溶かし、そこにふるった小麦粉を追加して、丁寧に炒める。

少しずつ、だまにならないようにミルクを混ぜて味つけをすれば、ホワイトソースの完成だ。

そのホワイトソースを、野菜を煮込んでいる様子を見ながら鍋に移す。

「できた！」

今日の肉はフェザードランを使っているから、鶏肉のシチューをイメージすればいいはず。

「味見！」

小皿にシチューを移したのは、ラースだった。ぺろっと舐めて目を大きくする。

「うっま、これうまいぞ！」

叫んで宙を見つめたラースは、はっとエルの方に向き直った。

「エル、天才だな！」

「へ？」

いきなりの誉め言葉にエルはキョトンとした。

「なあ、このままずっと料理係やってくれ！　今日だけじゃなくて。そうしたら、俺達もうまい料理の作り方を覚えるから」

「それじゃ通じないですよ。エル、料理そのものは騎士団員が交代でするから、君はこの樽から指示だけ出してくれますか？　君が実際に包丁を握ったり、炒めたりするのは危ないから」

「危なくない！」

と、口を尖らせたけれど、メルリノの言うこともわかるような気がした。

たしかにエルの手は小さいし、ひとりで料理するのは危険だ。フライパンと包丁の精霊が、エルに力を貸してくれたとしても。

「エル、お料理、できる？」

「エルがしたいならね」

メルリノの手が、そっとエルの髪に触れた。ロドリゴにぐちゃぐちゃにされてしまうのは困るけれど、メルリノの手は優しい。

頭を撫でられるのが、こんなに気持ちのいいものだなんて、考えたこともなかった。

「する。お料理、するよ」

ここで暮らすのならば、お手伝いぐらいはするべきだ。

洗濯も掃除もこの身体では無理だろうけれど、ここの食事事情を向上させることを手伝うぐらいはできるだろう。

（……いつか）

もっと身体が大きくなったら、自分でもいろいろとできることも増えてくるのだろうけれど。

今は、この人達の厚意に甘えるのが一番いいように思えた。住まいと食事を与えてもらえるのだから、エルも働くべきだ。

こうして、正式に厨房に入ることが認められたのである。

第三章　辺境伯家は何かと騒がしいようで

エルの朝は、早くから始まる。

辺境伯家では、夜遅くまで起きていることは推奨されていない。例外は、夜間警備の者だけ。それ以外の人達は早寝して体力を温存することが求められているのだ。

特に子供は早寝早起きして、健やかな身体を作ることが大事。そんなわけで、辺境伯家の三兄弟や、エル、見習いの騎士などは、早めにベッドに追いやられるのが毎日のこと。

早く寝ればそれだけ早く目が覚めるというわけで、夜が明けた頃にはエルの目はぱっちりである。

「おはよー、エル！」

「おはよう、ラスにぃに！」

真っ先にエルの部屋に来るのは、ラースかハロンだ。手を繋いで厨房に行く順番は決めたのだが、ラースとハロンは毎朝ここに立ち寄る。

メルリノは三兄弟の中では朝に弱いらしく、エルと手を繋いで厨房に立ち寄る日以外は、早朝訓練ぎりぎりの時間に訓練所に顔を出すのが毎朝のこと。

今日はラースの番。ラースに抱き上げられたエルは、ご満悦だった。

辺境伯家の生活は、とてもとても快適である。

エルのために、使用人や、城下町の人達がたくさんの洋服をくれた。お下がりだからと言って馬鹿にしてはいけない。何度も着用され、柔らかくなった布は、エルの繊細な肌に優しく触れるのだ。

いくつも継ぎを当てられたお古の服も悪くない。どろんこ遊びをするのに向いている。

もらった洋服は、辺境伯家の工房で、エルがひとりでも脱ぎ着できるように、前開きに改造された。メイドが支度をしてくれると言ったのを、エルが断ったからである。

「おはよ、今日の服も可愛いね！」

「えへー、ハロにぃにもおはようございます」

クローゼットには、たくさんの服。可愛がってくれる三人の兄のような人達に、騎士団員達。使用人もエルに親切だった。

——何より。

エルにも仕事があるのが嬉しい。働かざる者食うべからず。どこで覚えたのか、そんな言葉が頭の中をぐるぐるするのだ。もしかしたら、前世で覚えた言葉なのかも。

辺境伯家に拾われてひと月。エルの生活はこんな風に大きく変わった。

「じゃあな！」

「行ってくるね！」

「はいっ！　行ってらっしゃい！」

ラースとハロンとは、厨房の入口で別れる。ここからがエルのお仕事時間だ。

「おはよーございます、ですっ！」

厨房の入口で元気に挨拶。厨房には、今日の料理当番がもう待ち構えていた。

カストリージョ辺境騎士団の団員は百人を超えるため、エルひとりでは全員分の調理は到底無理。そんなわけで、料理当番はあいかわらず順番に担当する。

「おう、今日も元気だな！」

「ロドリゴ様っ！」

厨房で手を上げたのは、この家の当主であり、騎士団長であるロドリゴだ。彼もしっかり料理当番に組み込まれているのが、辺境伯家らしいと言えば辺境伯家らしい。

「ジェナも、ベティもおはよう！」

元気に挨拶したのは、フライパンと包丁にいついてしまった精霊達。調理台の上で、ジェナとベティがぴょんぴょん跳ねて挨拶してくる。ベティがジェナに飛び乗ると、ジェナはひょいと空中を飛んで、エルの肩をつついてきた。

メルリノや、騎士団に所属する魔術師の調べによれば、エルは魔術は使えないものの、精霊の力を道具に宿すことができる珍しい能力の持ち主なのだとか。

『王宮に行ったら大事にされるだろうなあ』

というのはロドリゴの言葉だが、それについては遠慮させてもらおうと思う。

王宮に行ったら、あまりよくないことが起きるような気がする。

「今日は、スープを作り、ますっ！」

元気に右手を上げて宣言。

今日はと言いつつ、辺境伯家の朝食は、毎朝スープである。その日によって、ミルクを入れたり、香辛料を効かせたりするが、スープにどっさり野菜を入れるのが騎士団流。

「皮は剥いておいたぞ」

と言うロドリゴはいい笑顔。

「ありがと、ございます」

この家に引き取られた当初と比べたらだいぶましになったけれど、まだまだ舌が回らない。少し長い言葉は、途中で切らないと噛んでしまう。

今日は、香辛料を効かせたカレーっぽい風味のスープにする。

フライパンで昨日使わなかった肉の切れ端を炒め、切った野菜をそこに投入。

軽く火を通したら、昨日の夜のうちに用意しておいた魔物の骨とクズ野菜でとった出汁——昨日は巨大な肉をオーブンで焼いたものが夕食だったのだ——の入っている鍋に移す。

ことこと煮込んで、あくを取るのはエルがやらせてもらう。

厨房におけるエルの居場所は、最初に用意された樽の上。体力が戻ってきたということもあり、大人が見ている限りは、魔道コンロに近づいてもいいという許可も出た。

塩胡椒と香辛料を入れて味を調整。何しろ百人分なので鍋も大きい。塩をお玉ですくうとか、前世でもやったことはなかった。

「んー、いいお味、ですよ！」

いいお味と言いつつ、エルは味見をしていない。まだ味覚が戻っていないので。

「誰かお味見してください！」

味見を任せるのは今日の料理当番だ。味覚が戻るまでは、これもしかたのないこと。エルの言葉に、ロドリゴが味見をする。ぐっと親指と人差し指で丸を作った。予想通りおいしかったらしい。

「ロドリゴ様、この辛いの、いっぱい買える？」

「ああ。商人が持ってきてくれる。王都まで行けばすさまじい値がつくが、ここではそうでもないな」

何でも、香辛料の類は、この国でもある程度は生産できるそうだ。と言っても、この地ではなく、もう少し南の方。

そして、この地で使われる香辛料は、この地と魔族の暮らす地域を往復している商人がこっそり取引しているものだそうだ。魔族の商人もいるという。

「ふぁ、魔族」

「まー、王都の人間は怖がるが、そう怖がるもんでもないぞ？　ちょっと角が生えたり、尾が生えたりしているだけだ」

と、ロドリゴは何でもないように言うが、角が生えていたり尾が生えていたりするのはかなり問題なのではないだろうか。

とはいえ、エルもそのあたりには今のところ忌避感はない。実物を見たら怖いかもしれないけれど、ロドリゴが大丈夫というから問題ないだろうと気楽に構えている。

「そうそう、今日あたりそいつが来るからな。エルも食材見てみるか？」

「見る！　見る見る、見ましゅっ！」

噛んだ。どうしても、興奮すると噛んでしまう。

もうちょっと成長したら、きっとちゃんと話せるだろう。いつまでも赤ちゃんではないはずだ。

そして、異変は朝食の時に起こった。

「……ん？」

どうせ味がしないからと、味見は他の人に任せていた。今日の料理当番であるロドリゴは、辛口が好きだと言うから、それに合わせて調整したつもり。

「む、ん？　か……から－い！」

スープを口に運び、エルは叫んだ。口内がぴりぴりする。エルには刺激が強すぎる。

「みじゅ！　おみじゅ！」

すかさずエルの前にミルクが差し出された。子供は毎朝ミルクを飲むのも辺境伯家の決まりだ。何でも、骨が丈夫になるらしい。

「かりゃい……あれ、あまい……おいちい！」

口内のぴりぴりが、ミルクで少しましになる。そこで気がついた。このミルク、めちゃくちゃ甘い。

エルはしきりに瞬きを繰り返した。甘い、おいしい、ミルクがおいしい。昨日までは、味気のない白い液体だったのに。

「エル！　味、わかるんですか？」

ガタリとメルリノが立ち上がった。目をぱちぱちとさせ、エルはもう一度ミルクを飲んでみる。

甘さとコクが絶妙にマッチしている。素晴らしい。

「……わかりゅ……！」

目の前にあったパンを手に取る。一口大にちぎったところにバターを塗ってパクリ。

濃厚なバターと、わずかな塩味。そして、パンの甘さが追いかけてくる。

「おいち！」

また舌が回っていないのも気にならなかった。今度は、大皿にどんと盛られているソーセージ。皮がぱりっとしていて、噛めばじゅっと油が広がる。そして、ほどよい塩気。

「おいち！　おいちい！」

ぽろっと目から涙が零れた。

もう、ずっと味がわからないかもしれないと思っていた。

辺境伯家の皆は優しいいし、ここの食卓は気取ったものではなかった。皆、それぞれに近くにいる人達と思い思いに会話をしながら食事を楽しんでいて、味はわからなくても、その空気は好きだった。

だから、伯爵家にいた頃みたいにひとりで食べるよりずっとずっと楽しく食事をしていたけれど、自分だけ味がわからないというのは、やはり心細くもあった。

「やったな！」

「あいっ！」

興奮のあまり、赤ちゃん言葉になってしまっている。

誰かが拍手をし、それはあっという間に伝搬した。何事かと思うほど、食堂内には手を打ち合わせる音が響く。

隣にいたロドリゴが、エルをぎゅっと抱きしめた。

「よかった、よかったな……！」

「あい、ロドリゴしゃま！」

くすん、と最後に鼻を鳴らす。こんな風に皆の前で泣いてしまったのは、味を失った時以来ではないだろうか。

「よーし、今日は宴会だ！　そろそろ、あいつが来る頃合いだからな！」

と、ロドリゴが宣言し、騎士達が歓声でそれに応える。

エルは照れくさくなって、ロドリゴの胸に顔を埋めてしまったのだった。

ロドリゴの言う「あいつ」は、タイミングのいいことに朝食を終えた直後に訪れた。

「ロドリゴ様、これ、今回の商品ね……！」

やって来たのは、羊のような角が頭の両脇についている女性だった。角以外は、他の人とあまり変わらないように見える。服は人間の着るものとちょっと違っていて、つるつるとした不思議な布でできていた。

とても美人だけれど、何だか怖い。圧倒されるというか、近寄っちゃいけない気がするというか。

ロドリゴの足にしがみついて、じっと見ていたら、彼女はくすくすと笑った。

「怖い？」

「お姉さん、角、綺麗ね。でも、びりびりする」

「――なるほど」

行商人の彼女は顎に手を当てた。

「私の魔力を敏感に感じているのかな？　将来有望ね！」

エルは知らなかったのだが、魔力に敏感な人は、魔力を多量に持っている人を恐れることがあるらしい。

「それなら慣れてもらうしかないかな？」

「お姉さんは、怖く、ない、よ。びりびり、するだけ」

ふふっと笑った彼女は、ロドリゴの方を見た。ロドリゴが手で合図をすると、彼女は荷馬車の覆いを外した。

「では、辺境伯様。これが今回の商品ね」

出てきたのは、たくさんの壺、壺、壺。それから俵。

……俵？

エルは、じっと俵を見つめた。あれ、米だろうか。

「ええと、お砂糖でしょ、それから、お醤油、お味噌」

「ふぁっ」

思わず妙な声が出た。砂糖はいい。どこにだって存在する調味料だ。だが、醤油、味噌と続くのはどういうことだ。

「おしょーゆ？　おみそ？」

「ええ。私達が暮らしているところで、ほそぼそと生活している人間がいてね？　彼らが作っている調味料なの。辺境伯様はご存じよね」

「肉にかけると美味い」

ロドリゴはうなずくが、肉にかけると美味いってそれだけではないのに。

「ロドリゴしゃま、おしょーゆ、おみしょ、ほちい！　ほちい！」

「わかったわかった。そう暴れなくても買うから安心しろ」

ロドリゴに頭をぐりんぐりんとかき回されて、きゃーっと悲鳴をあげる。

悲鳴と言いつつ、恐怖の悲鳴ではない。ぐりぐりするのが、ロドリゴの愛情表現だとちゃんとわかっているから問題ない。エルの方もだいぶ慣れてきた。

「おし、今夜は肉を焼くか！」

「肉、焼くだけじゃだめ」

和風の調味料がある。そして、この地には最高級の牛肉もある。卵もある、野菜もそれなりにいろいろある。ならば、あれが作れるではないか、あれが。


その日の午後、エルは料理当番を呼び出した。うどんを作りたいのだが、力仕事なのでエルには無理なのである。

こしを出すためには、足で踏む必要があると思っていたのだが、踏まなくても強くこねれば何とかなるらしいと前世で知った。そして、ここは騎士団。体力自慢の団員が勢ぞろいである。

「こねる！」

「こねればいいんだな！　このぐらいか？」

「もっと！　もっとこねる！」

「任せろ！」

料理当番総動員で、人数分のうどんをこねる。こねる、こねる、こねる。力いっぱいこねる。

これは、今日の夕食に使うので、しばし冷蔵庫で待機させておく。

そして、いよいよ夕食の支度だ。

今日はお祝いだという理由で、外に大きな鍋や網が持ち出されていた。バーベキューである。

辺境伯領には魔物が多数出没するし、その肉等は有効利用されている。たとえば、ハッピーバニーやフェザードランの肉が毎日のように食卓に上るのもその表れだ。

それから、ミルクモーと呼ばれる牛型の魔物のミルクがこの地では使われている。

味がわかるようになった時に、甘いと思ったのだが、飼育されている牛よりも濃厚な乳を出すのだとか。ミルクモーのミルクから作られたバターや生クリームは、王都では超高級品として取引されているらしい。

そして、このミルクモー、肉も非常に美味なのである。

前世では、肉牛と乳牛は別だった気がするのだが、ミルクモーは魔物。そのあたりは気にしても始まらないのだろう。

捌くのは工房の人達がやってくれて、厨房に運ばれてくる時には、塊肉に変化している。

バーベキュー用に用意するのは、厚めに切った肉。網焼きステーキにするのだそうだ。

野菜もたくさん切って、串に刺す。サラダは嫌いでも、火を通せば食べる人が多い。毎朝野菜たっぷりスープなのも同じ理由。

「ベティ、お肉を切ってくださいな」

とんとん、とベティが調理台の上で跳ねて、理解したと合図する。どのくらい？　と問いかけるみたいに左右に刃を揺らしたので、このぐらい薄くと指示をする。

「なあ、エル。こんなに薄く切ってどうするんだ？」

見慣れない薄さだとハロンが覗き込んできた。たしかに、騎士団でこれだけ薄く切るというのはあまりないだろう。がっつりと厚めに切った肉を好む人が多そうだ。

「んふふ、おまかせ、ですよ！」

だが、エルにはこの厚さが必要なのである。それから用意するのは野菜、今日届けられた調味料を使っての割り下である。

そう、すき焼きをやろうというのだ。

「ジェナ、手伝ってくれる？」

いいよ、というようにジェナが飛び跳ねた。

野菜はもう準備できている。ニンジン、長ネギっぽい野菜。キノコも大量に用意した。

そして、すき焼きといえば卵。浄化魔術というものがあって、それを使えば卵が綺麗になるそうだ。

辺境伯家では、しばしばこうやって外で飲んだり食べたりするらしい。夜間警備の担当者はお酒が飲めないけれど、蔵から酒樽も持ち出されている。

「よしよし、お肉を焼きますよっと」

「エル、火に近づきすぎないでね……？」

メルリノが、エルを気遣ってくれる。

「ジェナがいるからだいじょーぶ、ですよ！」

網の端っこを借りてジェナを載せる。ジェナは、火加減を完璧に調整してくれる。

ジェナが「いいよ」と合図をしてくれるのを待って、油を馴染ませてから肉を載せる。じゅうっという音と共に広がる肉の香り。

（んー、幸せ……！）

味覚は今朝取り戻したばかりだけれど、そういえば香りもわかるようになっていた。

エル個人に関しては、治る時は、一発で治ったようだ。それに、騎士団所属の回復魔術を使える人とメルリノが、「効き目あるかわからないけど……」と言いながらも、毎日回復魔術をかけてくれたのもよかったのかも。

「投入！」

小さな水差しに移した割り下をじゃっと流す。醤油が焼ける香ばしい香りが漂ったところで、肉を引き上げた。

あらかじめ用意しておいた生卵にさっとくぐらせてパクリ。

「おいちい！」

あ、またやってしまった。まあいいか。

エルが肉を食べているのを見かけたラースがやってきた。

「何それ、美味い？」

「おいしーよ？　食べる？」

「食う」

本当はもう割り下を煮立てて野菜と追加の肉を入れようと思っていたけどまあいいか。ラースにつられるようにメルリノとハロンもやってきたので、三人分の肉を用意してやる。

「おおお、美味いな、これ」

「醤油がおいしいのは知っていたんですけど」

ラースとメルリノがうなずき合い、そして、ハロンは器を突き出した。

「おかわりちょうだい！」

「ないっ！」

肉を焼いて食べるためにジェナを持って外に出てきたわけではないのだ。出汁を加えてある割り下をジェナに注ぎ、そしてそこに野菜を投入。そういえば、ここに白滝と焼き豆腐はなかった。白滝って、魔族の暮らしている地域にはあったりするんだろうか。

「何だよ……野菜か……」

ハロンががっかりした声を漏らした。お子様にはまだ早かったかもしれない。

野菜に火が通ったところで、再び肉を投入。柔らかく煮えたところで、三人にどーぞ、と差し出した。

「うま、野菜うま！」

ラースは、野菜をあっという間に食べてしまった。そうだろうそうだろう。肉のうまみに野菜のうまみ、そして割り下の風味が加わる。おいしくないはずはない。

生卵を絡めて食べるというのが、この地の人達に受け入れられるかどうかは不安だったけれど問題なさそうだ。

「エル、これもっと作れる？　父上にも食べてもらいたいな」

「作れるよ。大きなお鍋、用意して、もらった！」

平たい鉄鍋も、火にかけられている。大人数が相手になるので、エルは大忙しだ。鍋の側にいる人に指示を出し、順番にすき焼きも用意していく。

「卵に合う！」

「野菜がくたくたになったところもいいな！」

騎士団員達は、目新しい食事にも恐れる様子は見せずに果敢に食らいつく。こんなにもおいしいおいしいと食べてもらえるのであればよかった。

（……こういうの、いいな）

前世に帰ったような気分だと言ったら笑われてしまうだろうか。

でも、前世でもこうやって――名前も思い出せないけれど――前世のエルが作った料理をおいしいと喜んでくれる人がいた。

今はまだ身体が小さいから、他の人の手を借りなければいけないけれど、エルが作った料理を喜んでくれる人がいるのなら幸せだ。

（……あれ？）

けれど、ひとりだけその輪に加わってない騎士がいた。

彼は、王都から派遣されているというアルドだ。皆がおいしい料理に食らいついている中、何となく浮いているような気がするのだが気のせいだろうか。

（……でも）

エルが声をかけたところで、何が変わるというわけでもないのだろう。

「エル様、どうかしましたか？」

と、声をかけてきたのは、ロドリゴの副官であるジャンだった。彼からエルに話しかけてくるのは珍しい。

「アルド、ひとり」

「……ああ、彼のことは気にしなくて大丈夫です。ひとりを好んでいるだけです。心配する必要はありませんよ」

「そう？」

「ええ。必要があれば、私が声をかけますし」

穏やかな口調のジャンは、騎士団の中では珍しいタイプだ。メルリノは彼に近いところがあるけれど、ジャンほど静かではない。

「ジャンさんも、食べた？」

「いただきました。おいしかったですよ」

「よかった」

そんなことより、シメの時間である。網焼きステーキも、串に刺して焼いた野菜も完売。あとから加わったすき焼きもほぼほぼ綺麗に片付いた。

「シメる！」

今日の料理当番にお願いして、茹でてもらったうどんをすき焼きの鍋に投入。一度茹でるか、いきなりすき焼き鍋に入れるか迷ったけれど、手打ちしたので軽く茹でておいた。

一度火を通してあるから、さっと鍋に残った割り下を絡めたら出来上がりだ。

うだ。

箸を使える人はいないから、皆、フォークを使って食べているけれど、気に入ってくれたよ

「……美味い！」

「エル……俺は、お前を引き取って本当によかったと思うぞ……！」

どこからかやってきたロドリゴは、エルの頭をぐりぐり。

これが、彼なりのスキンシップなのだとエルもう知っている。もしかしたら、首を鍛えるためにこんなことをしているのかもしれない。

「もう、正式にうちの子になっちゃえよ！　俺、妹欲しかったし！」

ラースに言われて、エルは首をかしげた。

このまま、辺境伯の家の子になってもいいのだろうか――もしかしたら、いつか迷惑をかけることになってしまうかも。

王都に行くことはないだろうし、実家の人達と顔を合わせることもないだろう、けれど。

エルが生きていると知られたら、何かよくないことが起きるかもしれない。

（……言えないな）

エルがどれだけ厄介な立場なのか、口にすることはできなかった。今のエルには、事情をすべて説明するのは無理だろうし。

「ラース、エルを困らせるな」

「父上……」

「いつか、本当に子供になりたくなったら言え。俺がいい婿さんを見つけてやるからな！」

ははは、と笑うロドリゴの顔を見上げてエルは思った。それは、いくら何でも気が早すぎるのではないだろうか。

＊＊＊

メルリノにとって、兄弟は複雑な存在だ。

兄のラースにはかなわない。弟のハロンにもかなわない。

何しろ、ラースは脳みそまで筋肉でできていると言われるレベルの肉体派だ。だが、魔物が跋扈《ばっこ》するこの地では、脳筋は誉め言葉だったりする。

そして、ハロン。

剣の腕ではラースに及ばないし、魔術の腕ではメルリノに劣る。だけど、末っ子の特権なのか、兄達のいいところをぐんぐん吸収し、今では魔物討伐に駆り出されるほどの腕前だ。

（それに引き換え、僕は）

鍛えてはいるが、どう頑張ってもメルリノには筋肉はつかなかった。母方の家系の血が濃く出たらしい。

それはそれでいいことなのかもしれないけれど、攻撃魔術には才能がなかった。メルリノが得意とするのは、防御の魔術と回復魔術。

もちろん、辺境の地ではいずれも大切だ。防御の魔術がなければ、城下町で暮らす人を守ることができない。回復魔術は、傷ついた騎士達を回復させるのに必須だ。

頭ではわかっているのだ。わかっている、けれど。

心がついてくるかどうかは別問題である。

「メルにぃに、お留守番？」

朝食を終え、待機部屋にいると、とことことやってきたのはエルだった。

ラースに連れられ、森に行った時に見つけた女の子。拾った時には薄汚れていたし、痩せこけていた。一時は命の危険もあったのだが、今はすっかり回復している。

意外と自立心が強いらしく、自分のことは極力自分でやるようにしているらしい。どこで身に付けたのか、天才的な料理の腕の持ち主で、辺境伯家の食卓はずいぶんにぎやかになったものだ。

「うん、父上達は、魔物が出たからそっちに行ったんです」

「へえ、そうなんだ」

よいしょ、と遠慮なくメルリノの膝に乗ってきたエルはくったりと身体を預けてきた。

あまり栄養状態がよくなかった期間が長かったのか、エルは体力が少ない。そのくせ、厨房で過ごす時間も長く、こうやって厨房以外で見かけるのは実は珍しいことだった。

「メルにぃには行かないの？」

　無邪気な目で見られるのがちょっと、いやだいぶつらい。辺境伯家の中で、自分だけが弱いのだと突きつけられる気がして。

「僕は、防御の魔術と回復魔術が得意ですからね。今日は留守番です」

「守る、大事」

　よしよし、と手を伸ばし頭を撫でてくる。エルに慰められてしまって、ますます情けないような気がしてきた。

「メルにぃに、甘いの、好き？」

「ん？　好きですよ」

「おーし！」

　膝から滑り下りたと思ったら、エルは右手を突き上げた。

「こっそり、おいしいの、作る！」

「こっそり？」

「メルにぃに、と、エルの、秘密よ？」

　言葉を区切って、人差し指をそっと唇にあてがう様はとても可愛らしい。ひとりだけ残されて、ささくれだっていた心が落ち着きを取り戻したみたいだった。

「ちゅーぼー！　ぷーりーん！」

元気よく、意味のわからない歌を歌いながら進むエルに手を引かれて厨房に足を踏み入れる。

今日は、何を作ろうというのだろうか。

辺境伯である父も、不思議に思っているようなのだが、エルには料理の才能がある。才能があるだけではなく、調味料の扱いにも詳しい。

何かある度に「エルは五歳！」と主張しているけれど、五歳のわりに豊富な知識は、いったいどこで身に付けたというのだろうか。

それに、みすぼらしい格好で転がっていたけれど、容姿から判断すると貴族の血を引いている可能性が高い。

ピンクがかった金髪というのは、庶民の間ではまず見られない色なのだ。

貴族だろうに、あんなにみすぼらしい姿で、魔物が多数いる森の中で倒れていた。

さらってきた悪人達は魔物の腹の中だから、どこでエルを見つけたのかも聞き出すことができない。

貴族の娘のような雰囲気なのに、教育を受けていない雰囲気も持ち合わせている。不思議な子だけれど、可愛い妹だ。

「メルにぃに！」

「なんですか？」

「卵、ない！」

エルは食料保管庫を見て、肩を落としている。そう言えば、今朝最後の卵を使ってしまったのではなかったか。明日の朝食用の卵は、明日の早朝届けられる。

「それなら、城下町に買いに行きますか？」

「いいの？」

「食材を買いに行くぐらいならね。出かけるって言っておけば大丈夫です」

「わあい」

魔物が町の方まで来ることはめったにないし、あったとしても、メルリノの所在地がちゃんとわかっていれば問題ない。いつも卵を買いに行く店まで、どの道を使うのか連絡をしておけば。

エルをひとり占めして、一緒に歩くのは初めてだと思うとちょっとメルリノの気持ちも浮きたってくる。

魔物討伐に行かないからこそ、こうやってエルと過ごす時間を確保できる。それはそれで、悪くないのかもしれない。

＊　＊　＊

何となく、メルリノに元気がないのは気づいていた。

森の方で魔物が大量に出たらしく、ロドリゴは留守番の騎士以外を連れて、森に行ってしまった。残っているのは、騎士団員のおよそ二割。万が一の時のためにここに残っている面々である。

その万が一というのは、今まで基本的に発生したことはないらしく、残されている騎士達の間にはいくぶんのんびりとした気配が漂っていた。

「ぷーりーん！　ぷりん！」

メルリノは甘いものが好きらしい。ならば、甘いもので力づけてやろうかと厨房に行ったら、肝心の卵を切らしていた。

卵がなければ、プリンは作れない。メルリノが買い物に連れて行ってくれるというので、彼に甘えることにした。

「僕から離れないでくださいね」

「はいっ！」

歩きやすい靴を履いて、帽子をかぶって、メルリノとしっかり手を繋いだら出発だ。メルリノの腰には、魔術発動用の杖と剣が下げられている。

「メルにぃに、と、ふたり、はじめてね！」

ラースやハロンの手と比べると、メルリノの手は少し柔らかい。それは、彼が剣ではなく魔術で本領を発揮するタイプだから。

それでも、自分の身ぐらいは自分で守ると、剣の鍛錬は欠かさないらしい。メルリノのそういう姿勢はエルにとっては好ましいものであった。

「嬉しい？」

「嬉しい、よ！」

態度でも示すみたいに、ぴょんとジャンプ。メルリノが顔をほころばせた。

――よかった。

連れ出す前のメルリノは、なんだか、思いつめたような顔をしていたから。

エルにできることはたいしてないだろうけれど、彼の心の安定に役立つのなら、一緒に買い出しに行くぐらい何度だってやる。

「卵、たーまーご」

「どのぐらい買うんですか？」

「いっぱい！　お砂糖もいっぱい！」

「うーん、でも、砂糖はな……ブラストビーの蜂蜜ならいくらでも使っていいんですけど」

「ぶらすとびー？」

首をかしげていたら、メルリノはブラストビーと呼ばれる蜂型の魔物の蜂蜜が、この地では豊富に取れるのだと教えてくれた。

ミツバチのように飼育するのは難しいけれど、魔術や薬で眠らせている間に蜂蜜を取ってくることは可能なのだそうだ。

「おいしい？」

「すごくおいしいですよ……普通の蜂蜜より、甘くてコクがあって」

「おおおお！」

スイーツの中には、砂糖ではなく蜂蜜を使って作るレシピもあったはず。蜂蜜は液体だし、砂糖とは糖度も違うから、何度か試作する必要はあるだろうけれど。

次は、砂糖の代わりに蜂蜜を使ったお菓子も考えてみよう。まずは、基本に忠実なプリンからだ。

「メルにぃに、早く買って帰ろ？」

用事があって出てきたけれど、本来まだ待機中。なるべく早く戻らなければとメルリノは、エルの手を引いて歩き始めた。

（……ん？）

エルは周囲にきょろきょろと視線を走らせた。何か、おかしい。

町の空気が普通じゃないような。いや、この地ではこれが普通なのだろうか。ここに来たのが初めてだからよくわからない。

「どうかしましたか？」

「メルにぃに、あっち！」

指さした先から、悲鳴が聞こえてくる。メルリノがはっとした様子を見せた。

「エル、僕から離れないでください」

「はいっ！」

厳しい表情になったかと思うと、エルの手を握りしめたまま走り始め――と、途中で肩の上に担ぎ上げられてしまった。エルの足では、メルリノと同じ速度で走るのは無理だからしかたない。

「メルリノ様っ！　魔物が！」

「――逃げてください！　結界張るから！」

悲鳴をあげながら逃げてきた人達は、メルリノの到着にホッとした様子だった。エルを肩に荷物みたいに担いだまま、メルリノは腰に手をかける。

そこには剣と共に、魔術師として使うための杖が仕込まれていた。

「誰か、騎士団に連絡！　訓練通り、城に走って！」

「ありがとうございます！」

街中に魔物が出ることはそう多くないらしいけれど、ここは魔物のすぐ側で生活している場所だ。町で暮らしている人達は、何かあれば城に駆け込むよう、避難訓練を行っている。

今も、その避難訓練がものを言ったようだった。

メルリノの指示に従い、皆、商売道具も放り出して、一斉に城に向かって逃げ始める。

「エルも一緒に行ってもらえばよかった！」

今になって、エルを担いだままであることにメルリノは気づいた様子だった。

「エル、下りる？」

「ううん、ここにいてください。大丈夫――大丈夫。君は、僕が守りますからね」

メルリノはエルをしっかりと抱え直した。エルは、メルリノの首に手を回す。

目の前に姿を見せたのは、巨大なオオカミのような魔物だった。足に怪我を負っている。

「たぶん、森から逃げてきたんですね……」

メルリノは、魔物と目を合わせていた。怪我を負っていても、魔物からは逃げようとする気配はまったく感じられない。ぐるぐるとうなり、牙をむき出しにしている。

「ごめんなさい、エル。もっと早く気づけばよかったのに」

「だいじょうぶ、よ？　メルにぃにと、一緒、安心」

手を伸ばして、メルリノの頭をなでなでしてやる。魔物が、こちらに向かって跳躍した。

メルリノが杖を振る。大きく、目に見えない壁ができた。

真正面から結界に当たった魔物は、地面に転がり落ちた。だが、それが、ますます魔物の怒りに火をつけたようだ。

立ち上がり、再び牙を剥く。

「メルにぃに、大丈夫。にぃになら、大丈夫、よ」

「……ありがとう」

エルにできることと言えば、メルリノの落ち着きを失わせないように心がけることぐらいだろう。メルリノは、手の甲で額を拭った。

（たぶん、そろそろ騎士達が来るはず……！）

城に避難した人から、ここでメルリノと魔物が対峙していることは騎士団に伝わるはず。そうたたないうちに、きっと救援が来る。

（――だから、頑張れ。あと、もう少し！）

エルは、メルリノの首にぎゅーっとしがみついた。

メルリノなら、大丈夫。大丈夫ったら大丈夫。

何の根拠もないくせに、しきりに心の中でそう繰り返す。

魔物が飛びかかる、メルリノが結界を張る。ひとりと一体の攻防は、数分にわたって続いただろうか。

「――しまった！」

メルリノがよろけた。エルを離すまいとし、身体が揺れる。何とか持ちこたえたものの、右足を捻ったようだった。

「エル、君だけでも――！」

魔物が飛びかかってこようとした時、メルリノはエルを地面に下ろした。エルだけでも逃げろ、と。

たしかにそれはそうかもしれない。今まで、エルを抱えたまま魔物と戦っていた方がどうかしているのだから。

でも、その時気がついた。味方が来てくれたということに。

「ジェナ、お願い！」

飛んできたフライパンが、魔物の横っ面をひっぱたき、魔物がよろめく。城からここまで飛んできたらしい。さらにもう一度、続けてもう一度。魔物を叩く。

そして、フライパンと共にやってきた包丁は、魔物の目の前でひらひらと飛び回っている。

魔物は、頭を殴られ、視界を包丁に支配され、ますますいらだったようだ。前足を振り回してジェナとベティを追いやろうと暴れまわる。メルリノから、魔物の意識がそれた。

「にぃに、今！」

「う、うんっ！」

メルリノは、腰の剣を抜いた。すらりと抜き放つその動作には迷いがない。

一瞬にして魔物に接近したメルリノは、一気に首を切り落とす。

「メルリノ様、ここにいらしたんですか？　おおっ！」

ようやく騎士団員が到着した時には、メルリノは剣についた血を拭っているところだった。

「やりましたね、メルリノ様！」

「メルにぃに、かっこよかった！」

そう、メルリノの手を、エルはぎゅっと両手で掴んだ。

そう、メルリノはすごかった。町の人達を逃がし、エルを守ってくれた。最高の騎士だ。

「そう、ですか……？」

照れくさそうに、メルリノは笑う。

「そうよ？　うんとすごかった」

こぶしを握りしめ、力説。メルリノはますます照れた顔になった。

（……うん、頑張ったよ。それに、あれはなかなか言える言葉じゃないと思う）

あの時、メルリノは迷わずエルだけ逃がそうとした。エルだけ逃がそうなんて、普通なら言葉にできないはず。

彼は立派な騎士なのだと、改めて認識したような気がした。領民のために自分の身を削ることのできる本物の騎士、そして辺境伯家の一員だ。

「ぷりん、食べりゅ！」

早く城に戻ってプリンを作ろう。今のメルリノには、甘いものが必要だ。

店で出していたプリンは、大量に砂糖を使った甘いものだった。

砂糖と卵が同じ量。卵は二個で百グラム前後。砂糖は卵とだいたい同じ量で百グラム。それにカップ一杯の牛乳を混ぜるというレシピ。

これで四つ分の分量なのだが、パウンドケーキの型に入れて蒸し、食べる時には少量ずつお皿に取り分けてからカラメルソースをかけていた。

今回は八個分作るから卵と牛乳は倍量。ミルクモーのミルクを使う。辺境伯領の人達はあまり甘いものは食べないから、砂糖は半分ぐらいでいい。

「からめるそーす。ジェナ、お願い」

魔物を叩きまくったフライパンは、丁寧に洗った。

フライパンに宿った精霊のジェナは、あの時エルが危険だと察知して城から飛んできてくれたようだ。頼りになる仲間である。

砂糖を熱し、ふつふつしてきたら、水を少量。じゅっといったところでカラメルソースの完成だ。

「メルにぃに。カップ、欲しい」

「これでいいですか?」

メルリノが、カップを持ってきてくれる。

「ジェナ、入れて」

ふわりと空中に飛び上がったジェナは、八個のカップに均等になるようカラメルソースを注いでくれた。

それから、プリン液を準備する。

こちらにはグラムという概念はないから、天秤ばかりに卵を二個載せて、砂糖が同じ重さになるよう調整した。多少多くても少なくても、プリン程度ならそんなに問題はないのだ。プロのパティシエならともかく、今回は家庭料理の延長だし、そこまで繊細なお菓子ではない。

鍋でミルクモーのミルクを沸騰しないように温め、砂糖を溶かす。溶き卵に少しずつ入れてよーく混ぜる。プリン液が準備できたら、濾し器で濾しておく。このひと手間が大事なのだ。

「うーんと、蒸す。蒸すの。どうしよ」

それぞれの器に注ぎ入れたところで困ってしまった。蒸し器がない。どうしようと思っていたら、ベティがちょんちょんと柄でエルの肩をつついてきた。

そちらを見てみれば、自信満々のジェナが魔道コンロの上で待っている。

「おお！」

ジェナで蒸してしまえばいい。フライパンで直接蒸すという方法もあったのだった。

「メルにぃに。お湯を沸かしてください」

「わかった」

まずは、フライパンの底に布を敷き、プリンの容器を並べる。

別で沸かした湯を、メルリノがそっと注ぐ。水滴が落ちないよう、忘れずジェナに布をかぶせてから蓋をする。

魔道コンロに火を入れて、ジェナに移した湯が沸くまでしばし待機。火を止めるタイミングをはかっていたら、ジェナがそっと浮き上がった。そのまま別の場所に移動して、ジェナは静かになる。

自分で火加減を調整していたようだ。やはり、完璧なフライパンである。

しばらく待って、プリンの完成。冷やしてもおいしいけれど、まずは出来立てほやほやのところをいただく。甘くて柔らかくてなめらか。

「メルにぃに、おいしい？」

「……うん」

メルが微笑む。それだけで、十分な気がした。

＊　＊　＊

余計なことをしなければよかった――！

卵が欲しいのなら、皆が戻ってくるまで待っていればよかった。メルリノは後悔していた。

目の前には魔物。一体だけだが、メルリノには勝ち目はない。

エルを町の人と一緒に逃がしてやればよかったのに、つい、連れたまま来てしまった。

「メルにぃに。大丈夫、大丈夫、よ」

小さな手が首に巻きつき、そして頬を撫でてくれる。

（……そうだ。僕が守らなくちゃ）

大切な妹。メルリノに取って、守るべき存在。

落ち着いて、魔物の様子を見守る。

魔物の動きに合わせて、結界を張る。こちらに攻撃をしようとした魔物が、結界に体当たりして地面に落ちる。

何度も繰り返しているうちに、魔物にも少しずつ疲れがたまってきているようだった。

（……今なら）

油断してはだめだと、父に何度教えられたことだろう。

だが、エルを抱き上げたまま、メルリノも戦うのは初めてだ。知らず知らずのうちに疲労が溜まっていたらしく、足がもつれた。

「メルにぃに！」

悲鳴みたいな、エルの声。

（ごめん、君だけでも逃げて――）

ここにいたのがラースなら。結界魔術なんて必要ない。

素早い動きで相手を翻弄し、力を乗せた攻撃で、魔物をあっという間に退治してしまっただろう。

ハロンだったら？　ラースほどの力はないにしても、攻撃魔術と剣術を巧みに組み合わせて魔物を撃退しただろう。

――けれど。

メルリノは剣術は得意ではない。魔術だって、得意なのは直接戦闘の役には立たないもの。

「メルにぃに！」

懸命にメルリノを呼ぶ、エルの声が聞こえる。

ごめん、エル。

もう一度心の中で謝った。もし、ここにいたのがメルリノじゃなかったら。きっとエルを助けることができただろうに。

けれど、救いの手は差し伸べられた。

エルに懐いている精霊達。フライパンと包丁。普通は調理に使うものであって、魔物退治には使わないのに。

彼らの助けを借りて、初めて魔術ではなく、自分の手で魔物を討伐した。

「にぃに、すごい！」

飛びついてきたエルの温かさにほっとする。

生きてる。生きているんだ。

「メルにぃには、今日、頑張った、から」

厨房に卵を持って戻る。

ただ、卵を買いに行っただけなのに大冒険だ。

ジェナの手を借りながら、エルが作ってくれたお菓子はプリン。同じような作り方をするお菓子は、王都にはあると聞いたけれど、今まで辺境伯家には存在しなかった。

「頑張った、ごほーび。特別」

まだほかほかとしているプリン容器を渡される。卵とミルクの甘い香りが鼻をくすぐった。

スプーンを入れれば、柔らかな感触。

「メルにぃに、おいしい？」

「……うん」

砂糖を贅沢に使ったから当然なのだが、とても甘い。そしてスプーンを入れた時に予感したとおりにつるりと喉を滑り落ちる感覚。

魔物と対峙していた時のぴりぴりとしていた気持ちが、ほっとほぐれていくような気がした。

八個作ったプリンのうち、ふたつはメルリノとエルのお腹の中に。

夕食後に父と兄弟にひとつずつ。何食わぬ顔をして、メルリノとエルももうひとつ。残った一個はジャンのものとなった。

夕食の時の話題は、メルリノの活躍が中心。そして、食後のデザートに、ラースとハロンが大騒ぎをする。

「メルにぃに、は、強い。すごい」

真っ直ぐにメルリノを見て、エルはそう言い切った。

エルがそう言ってくれるのなら、そんなに悪くはないのかもしれない。

今日、直接魔物と戦ってみたことで見えてきたものもある。

(……すごいのは、エルですよ、きっと)

今日ふたつ目のプリンをすくう。

甘い。暴力的なまでの甘さだ。

でも、今はこの甘さがメルリノに必要なのかもしれない。

第四章　どこでも恋愛事情は複雑なようですね

エルの毎日は忙しい。

迎えに来てくれた三兄弟の中の誰かと厨房まで行ったら、朝食の支度。ジェナもベティもいてくれるし、料理当番もいるのでエルの仕事はさほど多くない。

朝食を終えたら、昼食に何を作るか食料保管庫を確認。昼食は食料保管庫の中身で賄うことになっている。

当番の騎士が、夕食用の食材を買出しに行くのは、午後になってからだ。買ってきてもらうものも、この時一緒に決めてしまう。

何を作るか決めたら、あとは自由時間だ。

エルがちょこちょこ歩いていく後ろを、フライパンと包丁が空中浮遊しながらついていくのも騎士団ではもうおなじみの光景である。

厨房に置かれている包丁には鞘は用意されていないけれど、工房の革職人――普段は武具を作ったり整備したりしている――が、ベティ専用の鞘を作ってくれた。料理が終わるとベティはその中にするりと潜り込み、ジェナとじゃれ合っている。

メルリノと町に出た時、魔物に襲われてから、ジェナとベティはエルの近くをうろうろするようになった。何も知らない人が見たらぎょっとする光景かもしれないけれど、辺境伯家では誰も驚かない。

「エル、プリン作れるか？」

「プリン？　材料、あれば作れるよ」

末っ子のハロンは、三兄弟の中で一番甘党らしい。先日作ったプリンがお気に入りらしく、しばしばおやつにプリンをねだられる。

「プリンって何で作るんだっけ」

「お砂糖、卵、牛乳、バニラエッセンス」

この世界にバニラエッセンスはないかなと思っていたけれど、魔族経由で入手できた。意外と前世と調味料や香辛料なんかは似ているらしい。

「砂糖がないなー、でも、この間買ったばかりだからなぁ」

食料保管庫を覗いたハロンは、ため息をついた。

辺境伯家では、甘いものといえば果物とドライフルーツがメイン。

王都にいる辺境伯夫人ロザリアが帰宅する時持ってきてくれたり、王都と辺境伯領を往復する使者に持たせてくれたりした時だけ、菓子が食べられる。

エルがプリンを作ったことで、ハロンの甘いものを食べたいという欲求に火をつけてしまったらしい。

「蜂蜜でも舐めるか……」

「蜂蜜？　蜂蜜で、プリン、作る？」

「できるか？」

「うーん、たぶん」

エルは両腕を組んで唸った。

卵に牛乳を入れて熱を加えれば固まることは固まる。そこに蜂蜜という液体を加えることで、蒸し上がりに違いが出そうな気はするが、いけなくはないはず。

「蜂蜜は……あー、残り少ないな」

「ちょっとしかない？」

「うん」

ハロンはむくれた顔になった。よほど甘いものが欲しかったらしい。

辺境伯領では、砂糖より蜂蜜が多く使用されている。エルも、煮物を作る時などに蜂蜜を使うよう指示することもある。

蜂蜜は森に入れば取ってくることができるそうで、砂糖を買いに行くよりある意味早いという。

「おし、森に行くか！」

「森？」

辺境伯領は、魔物が跋扈する森に接している。危険も多いのだが、そのぶん魔物から取れる素材の利用方法については、この国一番なのだそうだ。

「俺、ブラストビーの巣がどこにあるのか知ってるからパッと行ってとってこようかなって」

たしか、蜂を眠らせて、それからこっそり蜂蜜だけ取ってくるはず。ブラストビーそのものは、辺境伯家の騎士達にとってはたいした敵ではないのだそうだ。

「父上に相談してくる！」

あっという間に、ハロンは厨房にエルを残していってしまった。残されたエルは、ジェナとベティと顔を見合わせ――ジェナとベティには顔はないけれど――て、首をひねった。

簡単に許可って、もらえるのだろうか？

エルの疑問をよそに、ロドリゴは森に入る許可を出してくれた。なんとエルも森に行っていいのだという。

「この家ではな、五歳を過ぎたら、森に行くんだ。もちろん、ちゃんと危険がないよう準備してからだぞ？」

ロドリゴ曰く、この地で暮らしていくのなら、森について知らなければならないらしい。三兄弟も、騎士団員の子も、五歳を過ぎたら一度は森に行ったそうだ。

「エルは何歳だ？」

「五歳！」

かがみこんだロドリゴが目を合わせてきたので、エルは元気よく右手を広げて突き出した。

「だろ？　騎士団が一緒に行くんだから安全だ」

ブラストビーの巣があるところは、いくつか確認されているが、新たな巣を見つけ次第記録を取ることになっている。ひとつの巣から蜂蜜を取りつくしてしまわぬよう、どこに行くのか調整しているそうだ。

今日はエルも行くので、一番森の端に近い巣に行くことになった。ハロンとエルの他、何人かが一緒に来てくれる。

「あれ、ラスにぃにも行くの？」

「フェザードランの肉が欲しいからな。どうやって食べたら美味いと思う？」

「揚げましゅ！」

辺境伯領では鶏も飼育されているけれど、卵を産んでもらわないといけないので、そう簡単につぶすわけにはいかない。そこで、フェザードランの出番だ。エルもしばしばシチューに使っている。

地を這うドラゴンの亜種であるが、肉質は非常に鶏に近い。

ならば、唐揚げに、親子丼――鶏肉じゃないから他人丼か――、照り焼きにするのもいいし、香辛料を効かせたローストも。使い道はいくらでもある。

「フライか、それもいいな！」

と、ラースは目を輝かせているが、チキンフライとは違う料理だ。そうだ、チキンフライを作るのもいい。タルタルソースを作ってかけたら最高だ。パン粉をつけてカツにしても捨てがたい。

（ネギっぽい野菜はあるから、たぶん油淋鶏も作れるし、チキン南蛮もいけるな……）

と、うっかり自分の考えに沈み込んでしまった。

「森の中に入ったら、僕からは離れないようにしてくださいね」

「メルにぃにと一緒？」

「うん。エルを守るのに、僕の結界が必要になりますからね」

なるほど、とエルはうなずいた。

そう言えば、このところメルリノは以前ほど考え込んでいる様子を見せなくなったような。その代わり、剣術に費やす時間がいくらか増えたらしい。

結界魔術で自分の身を守りつつ、剣術で攻撃できたら最強だろう。攻撃は最高の防御――とは、ちょっと違うか。

でも、メルリノが一緒に来てくれるのなら、エルとしても安心だ。

「メルにぃにと、一緒。わかった」

重々しくうなずいておく。メルリノの結界魔術については、身をもって経験済みだ。彼と一緒に行けば問題ない。

「では、しゅっぱーつ！」

なぜかエルが号令を出して出発する。

今回は、ラースが隊長、メルリノが副隊長という布陣だ。今日行くブラストビーの巣は、森の中でも、さほど危険ではない地域にあるという。あとは何人かの騎士が一緒についてきているだけだ。

「……あるき、にくい」

よく考えたら、森の中は足元がごつごつとしている。

（そう言えば、この森で倒れてたんだよね……どのあたりで倒れてたんだろう）

周囲に目をやってみる。

もちろん、生息している木はエルの知っている前世のものとは違う。植物型の魔物というのもいるそうで、そういう木は枝が妙にぐんにゃりしていたり、葉が風もないのに揺れていたりする。

植物型の魔物は、基本的には動けないから近くに寄らなければ問題ないそうだ。

ひとつひとつ、教えてくれるのは、エルにもこのあたりの知識が必要だというのが皆わかっているからなのだろう。

「……疲れた」

歩き始めて二十分ぐらいだろうか。走り回っていたつもりだけれど、まだ、体力が完全に回復していないのかもしれない。

「じゃあ、お嬢さんは俺が抱っこで。いいっすか?」

と言い出したのは、アルドだった。

きょとんとして、エルはアルドを見上げる。

アルドは、今まで騎士団の中で浮いていると思っていた。こんなところまでついてきてくれるというのを想定していなかったし、そもそもエルを抱っこしてくれるような親切心を持っているとも思っていなかった。

「いや、エルは俺が抱っこするし!」

「僕が抱いても」

「俺だって、兄さん達には負けないし!」

と、三兄弟が口々に反論する。それを見てアルドは苦笑した。

「そりゃまあ、坊ちゃん達に抱いて行ってもらえるなら、お嬢さんもその方が嬉しいだろうけど、ここがどこだか忘れてません? 一番強いのはラース様だし、メルリノ様は、結界を張るお仕事があるっしょ。ハロン様はまだお嬢さんを抱っこで進むのは厳しいと思うっすよ」

アルドの言葉に、三人ともむぅと唸ってしまった。

ハロンはまだ十三歳。普通の子供にエルをずっと抱っこして行けと言うのはたしかに厳しいだろう。

「でも、強化魔術――あ」

口にしかけて、ハロンは気づいたらしくそこで止まってしまった。

「ずっと強化魔術使ってて、いざって時動けないんじゃ意味ないもんな……」

エルはそのあたりよくわからないのだが、肉体を強化する強化魔術を使うのにもそれなりに魔力を消耗するらしい。エルを抱っこするのにその魔力を使ってしまって、いざという時役に立てないのではたしかに本末転倒である。

「お嬢さんは、俺じゃ不満でしょうけど――ま、死なれちゃ後味悪いんで、そこは我慢してくださいっす」

と、ぼそっと付け足したのは、たぶんエルの耳にしか届いていない。

（……やる気なさそうに見えてたんだけどな）

普段、仲間とは距離を開けているように見えていたけれど、彼には彼なりの何らかのポイントがあるらしい。

たしかに、ここは魔物が跋扈する森の中。エルに死なれたらそれはそれは後味が悪かろう。

「抱っこ」

「かしこまりました」

しばし考え、アルドの方に手を伸ばす。

（……ふわぁ）

抱き上げられたことで、首に手を回す形になる。すぐそこに耳があって、じっと見つめた。

他の人はつけていないのに、アルドの耳には耳飾り。前世なら、イヤーカフと呼ばれるタイプのものだ。

戦いの最中邪魔にならないのかなと思ったけれど、耳に密着しているから大丈夫なのかもしれない。

「これ、綺麗ね」

「……ああ。引っ張っちゃだめっすよ。取れちゃうから」

「はーい」

銀に細かな模様が掘りこまれている。植物柄だろうか。とても美しい。

（……あれ）

アルドに抱き上げられて気がついた。ほんのりと香水の香りがする。このぐらい接近しないと気づかないようなほのかな香り。辺境の騎士には珍しいちゃらちゃらとしたタイプだ。

「お嬢さん、この木には気をつけないとだめっす。この木は魔物ですからね。一年の半分ぐらい寝ていて、今は寝てる時期ですが、覚醒期には枝を振り回して攻撃してくるっす」

「この木、気をつける。エル、覚えた」

アルドに教えてもらった木は、冬から春にかけては眠っているらしい。

夏になり、獲物が活発に動き始める時期になると目を覚ますそうだ。そして、秋になって冬眠のためにまるまる肥え太った獲物を食べると再び眠りにつく。

冬眠する動物のように、眠りにつく前にたくさんの獲物を食べるため、獲物をとらえる時期には用心しないといけない。

「エル、そんなに森に来ないと思う」

「辺境伯家で生きるなら、覚えておかないとですよ。まあ、俺はいつまでもここにいるつもりもない――なかったんすけどねぇ」

「ほうほぅ」

そういえば、アルドは王都からこちらに出向している騎士だったか。エルは彼に関して聞いた話を思い出していた。

辺境伯家の騎士団は、代々辺境伯家に仕えている者、近隣の住民の中から取り立てた者、そして、王都から出向という形でやってきた騎士から成り立っているそうだ。あとは、辺境伯であるロドリゴが王都で見つけた傭兵や冒険者と呼ばれる人もいるけれど、その数はさほど多くない。

そんな中、王都から出向している騎士達は、どうしても腰かけ気分が抜けないのだとか。たしかに、この地で生きていくわけではないから、この地の人達と同じだけの緊張感を持って働けというのも難しいだろう。

（……でも）

アルドには、どこか不安定なところが見受けられる。ただの腰かけというだけの認識でもないような。エルが何か言えるところでもないのだけれど。

「よっしゃ！　フェザードラン発見！」

「兄上！　先走らないでください！」

そう言えば、ラースはフェザードランが欲しいと言ってついてきたのだった。だからって、ラースが先頭を切って走りだしてしまうというのはどうなのだ。

「兄上！　エルが一緒なの忘れないでくださいぃぃぃ！」

メルリノの静止も完全に耳に入っていない様子で、ラースはどんどん走って行ってしまう。

「ラス兄さんだけずるい！」

ハロンもラースを追いかけて行ってしまい、やがて、向こうの方から激しい物音が聞こえてきた。

「やれやれ、やる気があるのはいいんだか悪いんだか」

足を止めたアルドは、エルをしっかりと抱え直した。手伝いに行くつもりはないらしい。

「ラスにぃに、狩ってる？」

「うん。狩ってますね」

メルリノがエルの側に残っているのは、護衛係だ。たしかにメルリノが側にいてくれたら安心だ。

しばらく待ったけれど、ふたりが戻ってくる気配はなかった。集合場所は決まっているので、これ以上は待たずに進む。

「エル、もう少しでブラストビーの巣ですからね」

先を行っていたメルリノがこちらに振り返る。

「はーい」

エルは、アルドの首にしがみついたままうなずいて見せた。アルドの私生活は、頭から追い払ってしまおう。エルに何ができるというわけでもないのだし。

「アルド、エル、下りたほーがいい？」

「もうちょっとここにいてくださいねぇ」

隊の皆からは距離を置いているみたいだけれど、小さな子には優しい――と。エルは心の中のメモ帳に記しておく。

やがて目の前に少し開けた場所が見えてきた。三本の木にまたがるようにしてぶら下がっているのは、とても大きな蜂の巣だ。巣の周囲を飛び回っている蜂もものすごく大きい。体長は、エルの手首から肘ぐらいまでありそうだ。

「じゃあ、眠り草を焚いてください。頃合いを見計らって、僕が眠りの魔術を使います」

「はい！」

エルが見ている前で、メルリノの指示によって手際よく地面に器が置かれる。それは香炉で、本来は香りの高い香をくゆらせるためのものなのだが、今はそこに眠り草の葉が詰められていた。

火魔術の使える者がそれに火をつけ、風魔術を使える者が煙を巣の方に流す。巣の周りをぶんぶんと飛び回っていた蜂が、ぱたりぱたりと地面に落ちた。それから煙は巣穴の中に送り込まれる。

煙に耐性を持っている蜂もいるそうで、さらにメルリノが眠りの魔術を巣を中心に展開していく。

「おおお……」

手際よくブラストビーを眠りにつかせるのを、エルはアルドに抱き上げられたまま、感心して見つめていた。これだけ手際よく集められるのなら、たしかに辺境では蜂蜜はさほど高価な品ではないのかもしれない。

「ねえ、アルド。蜂さん、眠らなかったらどうなる?」

「ブラストビーに攻撃されるっす。刺されるだけならまだいいんですが」

「え?」

蜂の攻撃って刺すだけじゃなかったのか。

ブラストビーの攻撃には、他にどんなものがあるのだろうと思っていたら、アルドはげんなりとした顔になった。

「刺すと、こいつら針が抜けるっす。針が抜けたら、攻撃手段がないんで、最終的に破裂するっすよ」

「えええええっ」

それってすごい自爆攻撃。

たしかにそれなら眠りにつかせて蜂蜜をいただいた方がいい。

何しろ、比較的安全な魔物とは言われているけれど、ブラストビーは蜂にしては大きい。というか、魔物だけあって大きすぎる。

そんな蜂が破裂したら、側にいた者は大怪我を負うだろう。目のあたりで破裂したら失明するかもしれないし、もしかして頭ごと吹き飛んでしまうかも。

その光景を想像してぶるぶると震えていたら、アルドはそっとエルの背中に手を回してくれた。

「まあ、眠り草でほとんど寝てしまうし、うちはメルリノ様の魔術もあるんで。よそじゃこうはいかないっすよ」

「ふぇぇ」

ブラストビーの蜂蜜は、王都では高価な理由を知った。と、同時にこの辺境の人達がとても強いのだということも知る。

だって、「ちょっとそこまでピクニック」なノリで、ブラストビーの蜂蜜を取りに来ているし。

「ごめんな、待たせたか？」

やがて、肉を担いだラースとハロンが追いついてきた。

「それはいいんですが……兄上、僕、先走らないでって言いましたよね……？」

「あれ、そうだったか？」

ラースは上機嫌だが、メルリノは何とも言えない複雑な表情になった。

たしかに、ちょっと心配したけれど、周囲の人達の様子を見るに、そこまで心配しなくても大丈夫だったようだ。

ブラストビーと人間はある意味共存しているかもしれない……共存？　とここで首をかしげてしまったがまあいいだろう。

ラースは、巣穴の近くに肉の塊を置いた。そう言えば、フェザードランを狩ってきたのだったっけ。

今回、ロドリゴから収納袋を借りてきているらしい。これはめったに出回らないのだが、中に袋よりも大きなものを入れておける魔法の袋だ。それに、重さも感じないらしい。

残念ながら、中に入れたものは普通に劣化していくので、日持ちのしないものは入れられないのだけど。

「アルド、にぃにが置いたお肉は何？」

「ブラストビーの主食は肉なんで」

「え？」

アルドの説明に、エルは目を剥いた。

蜂の主食って、花の蜜じゃなかったのか。首を捻っていたら、笑ったアルドは説明を追加してくれた。

「蜜を与えられるのは、幼虫だけなんだけど、その蜜っていうのは働き蜂の体内で生成されるらしいっすよ」

「へぇえ」

たしか蜂蜜って、ミツバチが集めた植物の蜜でできていた記憶があるのだが。魔物と昆虫では生態が違うということか。

フェザードランをそこに置いているということは、蜂蜜のお礼ということなんだろう。たしかに、持ちつ持たれつなのかもしれない。

「壺五つ分！」

とろりとした金色の蜂蜜が、壺におさめられた。ハロンが嬉しそうに両手を突き上げる。

こうして、エル初めての遠征は、無事に終了したのだった。

帰ってきたら、もちろんすぐに調理である。

「はちみちゅ！　あみゃい！」

噛んだ。

ブラストビーの蜂蜜は、とろりとしていて、コクがあって、甘かった。たしかにこれは、上等の蜂蜜だ。

砂糖の代わりに蜂蜜。甘味が強いから、ひとり当たり、大匙《さじ》一杯分ぐらいでいいだろうか。

「けいさん、して！」

今日の料理当番であるアルドに紙を突き出した。基本のレシピから少し変えた方がいい。計算が終わると、次の作業だ。

計算したレシピでプリン液を作り、オーブンで蒸し焼きにする。焼き上がりを待つ間に、別のお菓子も作る。

「バター、小麦粉入れて混ぜて」

「ぼろぼろにしますか？」

「それでお願い」

「できたっす！」

「砂糖――じゃなかった、蜂蜜入れて！」

エルが今作ろうとしているのは、口に入れたらほろほろと崩れるショートブレッドだった。

蜂蜜のコクとバターの香りがいい仕事をするはずだ。

「ベティ！　切って！」

生地をまとめたら、ベティに一口サイズに切り分けてもらう。フォークでぷすぷす穴を開け、少し休ませてから、熱したオーブンで焼く。実際にエルは手出しを禁じられているので、焼く工程は、今日の料理当番アルドにお任せだ。

別のオーブンでは、蜂蜜プリンが蒸し上がろうとしていた。

「はー、いい香り……」

厨房の扉のところに張りつくようにして、中の香りを堪能していたハロンは、エルに見つかると「まずい」というように頭をひっこめた。

「ハロにぃに！　見えてますぞ！　隠れてない！」

ふふふっと笑うと、また、こそっと頭が見える。可愛いと思ったら間違いだろうか。

ラースとメルリノは年相応の落ち着きが見られるけれど、ハロンはまだ子供っぽい面が強い気がする。特に、エルを相手にしている時は。

「にぃに、プリン、できたよ！」

「こっちのオーブンは？」

「ショートブレッド！　おいし！」

「へぇぇ、ショートブレッド……」

もしかして、この地では見られないお菓子だっただろうか。

お店のメニューに手作りのスイーツも出すようになって、お菓子作りに没頭した時期もあった。いろいろ作ってみたけれど、クッキーは店で出すには向かないな、という結論に至った。

お酒のあとに甘いものをちょっと一口という客には、プリンだとか、ムースだとか、そういったなめらかなお菓子の方が好まれたのである。

とはいえ、店に出すまで何度も試作を繰り返したので、レシピは頭に入っている。

「食べていい？」

「どーぞ」

「お、崩れた！　あま、うま！」

目を大きくして、ハロンが喜んでくれているのがエルにも伝わってくる。おいしいの一言がエルには最高のご褒美だ。

「はい、プリン」

皆の分は大きな器で作ってしまって食べる時に取り分けるのだが、見習い騎士や三兄弟のおやつの分は別に用意している。育ち盛りの子にはおやつが必要だからだ。

「ありがとうな！」

ハロンはご機嫌でプリンを三つ抱えて出て行った。冷たく冷やしたプリンもおいしいけれど、出来立てほやほやの温かいプリンは、家で作った時の醍醐味だ。

それから、次は今夜の夕食。大人数分作らないといけないので、基本的な調理はもう騎士団の料理当番にお任せである。

エルが料理係に就任したからといって、全員分の調理をするわけにはいかないのだ。

「唐揚げ、作る！」

おやつを食べたら、さっそく夕食の調理開始だ。エルは、ベティを呼んだ。

「お肉、切ってください」

工房で解体されたフェザードランの肉が運ばれてくる。ステーキにしてもおいしいだろうけれど、油はたっぷりあるし、唐揚げにしよう。

いい鶏肉と同じような味がするフェザードランの肉で唐揚げ。最高のおつまみになる。

（……飲めないけど！）

今の身体は五歳なので、エルは飲めなかった。残念。そもそも前世でもお酒には弱かった。

ベティに切り分けてもらったフェザードランの肉は、調味液につけておく。ニンニクやショウガも入っていて、いい香りに仕上がるはず。

「んっふっふー」

味覚が戻ってきてから、ご飯がおいしい。いいことだ。

和風の調味料がこちらで手に入るとは思ってもいなかった。もしかしたら、エルみたいに転生してきた人が過去にいて、苦労の末に開発してくれたのかもしれない。

そのあたりのことは、今度魔族の行商人が来たら聞いてみようか。もしかして、転生してきた人が魔族の側で暮らしているのかも。

大きな鍋でスープをくつくつ煮込んでいる間に、調味液の染みた肉に粉をつける。小麦粉と片栗粉を混ぜ合わせたものでつくるのがエル流だ。粉をつけた肉は少々寝かせておいて、その間にスープの仕上げ。

「もうちょっと、お塩」

「このぐらいっすか？」

樽の上に座っているエルのところに、味つけをされたスープが小皿で提供される。エルは生真面目な表情でそれを受け取ったかと思うと、一口飲む。これが、エルの仕事なのだ。

味の調整が終わったら、いったんスープは下げておく。

ここからが大騒ぎだ。

揚げ物用の鍋を三つ魔道コンロに置く。エルひとりぐらいならすっぽり入ってしまいそうな大きさの鍋だ。

「ジェナ、お手伝いして」

ふわりと飛んできたジェナが、自分から魔道コンロに飛び乗った。

そこにどんどん油が注がれる。ジェナは途中で多すぎるというようにぷるぷると身体を震わせた。

そして、火がつけられ、油が熱せられる。

「油、中温」

唐揚げは中温で揚げる。

残った粉を水で溶いたものを、鍋にちょっとたらし、底についたらすぐに浮き上がってくるか、半ばで浮き上がってくるあたり。沈んでしまっている時は温度が低すぎるし、表面でとまってしまうのは高すぎる。

ちょうどいい温度になったところで、寝かせておいた肉を投入。

この時も、一度に入れすぎてはいけないのだ。油の表面がみっしり肉で埋まっているようではだめ。ある程度空間をあけて入れないと、油の温度が下がってしまう。

「ジェナは完璧だねぇ……」

樽の上に腰かけて、足をぶらぶらさせているエルはご満悦である。

何しろ、ジェナの火加減は完璧。少し火からの距離を遠ざけたり、近くに行ったりすることによって、火加減を調整しているのだ。

横目でジェナの様子を見ながら、今日の料理当番も次から次へと肉を揚げていく。

「できたー!」

網の上で油を切ったら、大皿にドン！　野菜はひとりひとり割り当てるが、肉は好きなだけ食べろというのが騎士団のやり方である。保温されていたスープ、事前に作っておいた野菜サラダに、チーズ、ナッツ類などと一緒にテーブルに運ぶ。

辺境伯家では、夕食だけは家族でとることになっているので、エルはそちらに合流させてもらう。

「美味そうだな！」

テーブルにのせられた料理を見て、ロドリゴは笑みを浮かべた。

「ラスにぃにとハロにぃにのとったお肉！」

「近所のフェザードラン狩りつくすなよ」

ロドリゴに頭をわしゃわしゃかき回され、ラースは笑う。大人びていると思ったけれど、やっぱり年相応かもうちょっと幼いイメージかも。

「お前らの目から見て問題は？」

「今日もエルのプリンはおいしい」

「それは問題じゃないだろうが」

ハロンはおやつのプリンがよほど気に入った様子だ。エルの方を見てにっと笑うからエルも同じようににっと笑って返す。

「ショートブレッドもおいしかったですね」

「でもあれは出かける時に持っていくのには向かないよなあ」

メルリノもショートブレッドを気に入ってくれた様子だ。ハロンは、どこにショートブレッドを持っていくつもりなのだろう。

「書類の上にぼろぼろ落ちるのも困るな」

「書類の上で、食べなければ、いい」

ロドリゴのところにも味見として持って行ったのだけれど、汚れて困る書類の上で食べなければよかったのでは？

思わず半眼で睨むエルを見て、ロドリゴは肩を揺すって笑い始めた。

「悪かった、悪かった。たしかに俺が悪かったな」

悪かったというのなら、頭をぐりんぐりんするのはやめてもらいたいのだけれど。ほぅとため息をついて、エルは目の前の唐揚げに集中する。

（おいしくできた……おいしくできたのに……！）

フェザードランの肉はおいしい。油も上等のものだったし、辺境伯家の夕食に並んでいる分は、ジェナの完璧な火加減がそこに加わっている。アツアツを口に入れて、はふはふしながら食べるのは最高だ。

最高ではあるけれど、問題は今の身体だ。五歳児。それも小柄な五歳児。唐揚げをふたつも食べたら、他のものが入らなくなってしまう。

「うぅぅぅ……」

しかたなく温野菜のサラダに手を伸ばしてもしゃもしゃ。栄養バランスは大事なのだ。

「父上、アルドはちょっと気になるかも」

「アルド？」

ラースがそう言い出して、エルはラースに目を向ける。やっぱり、ラースも気がついてたか。

エルが見たところ、アルドは、この騎士団で浮いてしまっている。今日、蜂蜜を取りに行った時に、エルに親切にしてくれたのにびっくりしたほどだ。

「あー、あいつな……」

ロドリゴも困った顔になった。

「王都に返すわけにはいかないんですか？　彼、近いうちに他の団員の足を引っ張ることになると思うんです」

と、ラースの説明に付け足したのはメルリノ。メルリノの目から見てもそうなのか。

「そういうわけにもいかないんだよなー、もうちょっと鍛えてくれって頼まれてるからなぁ……だが、現場ではそれなりにやってるだろ？」

ロドリゴは、頭をかいて困ってしまったようだ。

エルは、魔物討伐の場には行かないようにと言われているから、現場での彼がどうなのかはわからない。けれど、辺境伯家の人達が心配しているのは、大いに問題なように思えた。

＊＊＊

アルドは、本日の訓練を終えたところで、訓練場をあとにした。

ここからしばらくは、休憩と待機の時間。ここで何かあれば駆けつけないといけないから、完璧な休憩というわけではないのだが。

この時間に、皆、書類仕事を片付ける。書類さえ提出してしまえばあとは自由だから、この時間に遠方の家族や恋人に出す手紙を書く者もいる。

(……何て書けばいいんだ)

アルドは、以前は王都を警護する守備隊にいた。王都の街中に魔物が出ることはめったにないが、周辺には魔物が生息している地もあるのだ。

とはいえ、王都近辺に出る魔物は、辺境の魔物と比べると驚くほど弱いのだが。

——それでも。

アルドは自分の腕を過信していたのだと思う。

もともとは、剣の腕を見込まれて、十五歳で王立騎士団に入団することになった。周囲の誰よりも剣の腕が立つという自覚もあった。

だから、王都の近くに魔物が出たと聞いた時、率先してその場に駆けつけたのだ。仲間の警告も無視して、魔物に飛びかかった。

それが大きな失敗だったと知ったのは、すべてが終わったあとのこと。

あの時、アルドが退治しようとした魔物は、王都近辺に出没する魔物の中ではけた外れの強さだったそうだ。王都近辺は人の往来が激しいため、厳重に警戒されていて、魔物はすぐに駆除される。あの時の魔物は、何年もの間、騎士達の手を逃れていたようで、十年に一度現れるか否かという強さだったらしい。

辺境伯のところで修行したことがある者達は、その事実に気づいていた。

だが、アルドは自分が手柄を立てる方が優先だと思っていた。婚約者と結婚をするのに、実績が必要だからと焦っていたのかもしれない。

結果として、死者こそ出さなかったものの、騎士団員に多数の負傷者を出すこととなった。

アルド自身も重傷を負った結果が、辺境への左遷である。

「アルド、お手紙？」

ふと見たら、最近辺境伯家に引き取られた女の子が側に立っていた。

ラースとメルリノが保護した時には、薄汚れた汚い子供だった。意識を取り戻してからもしばらくのうちはやせ細り、ふらふらしていて表情にも生気が感じられなかった。

だが、辺境伯家で育てられるようになって三か月。最初のうちは味もわからなかったというのだが、味覚を取り戻した今は、別人のように生き生きとしている。

それに、どこで身につけた知識なのかは知らないが、五歳とは思えないほど料理に関する知識はすごい。彼女が来てから、辺境伯家の食卓事情は大いに改善された。

「お手紙？」

黙ってエルを見ていたら、首をかしげてもう一度問われる。大きな紫色の目に、アルドの顔が映っているのがわかるほどまじまじとこちらを見ていた。

「あー、手紙、っすね……」

手紙を書こうとしても、言葉が出てこない。

アルドがここに来たのは、エルが保護される少し前。まだ、騎士団に来て半年もたっていない。

けれど、自分はこんなところに送られる人間ではなかったという意識がどうしても抜けないのだ。自分の腕なんて、この地では下から数えた方が早いのだと、身体に叩き込まれたはずなのに。

「お手紙、難しい？」

首をかしげて問われる。アルドは地面に直接腰を下ろしているから、立っているエルと目の高さは対して変わらない。真正面から視線を合わされた。

何となくではあるが、逃げてはいけないという気にさせられる。

「そうっすね、難しいっす」

「なんで？」

これが、子供のなんでなんで攻撃か。苦笑いしながら、アルドは続けた。

「お嬢さんにはわからんかもですが、俺、左遷なんすよ」

「さーせん」

「左遷」

「させん」

同じ言葉を繰り返し、うんうんとうなずいている。

何だかその様子を見ていたら、心情を吐露してしまってもいいのかもしれないと思った。

どうせエルには、大人の事情なんてわからない。

「俺、婚約者がいて」

「結婚、する！」

「まだしないっす」

「婚約は、結婚のお約束。エル、知ってる」

婚約と結婚の現実をエルが知っているとも思えないけれど、またもやうなずく。

年齢のわりに賢そうだと辺境伯は言っていたけれど、こういうところを見ていると年相応かもしれない。

「婚約者に何て書いてやればいいのか――」

どうせ、左遷されてしまった身だ。ここに来てから半年、彼女もアルドのことなんて忘れているかもしれない。

左遷されて、いつ戻れるのかもわからないのに、まだ婚約を解消してくれとは言えず――。

もしかしたら、他にもう想い人がいるかもしれない。

そう説明したら、エルは目をぱちぱちとさせていた。やはり、子供には難しい話だったか。

苦笑いしていたら、エルは思いがけない言葉を吐き出した。

「アルド、の恋人、悪い人？」

「何でそうなるんすか」

「だって、結婚のお約束。守らないで、他の人と結婚する。悪いこと」

腕を組んで、真面目くさった顔になる。

その様子を見たら、アルドはふっと心が軽くなったような気がした。

そうだ、彼女は悪い人ではない。だって、アルドを好きになって、結婚の約束もしてくれたのだから。

「アルド、手紙書く。ここ、いいところ。恋人さん、ここに来る――それじゃやだめ？」

「や、ここに来いっていうのは……」

エルが何を考えているのかは知らないが、ここは辺境。魔物がたくさんいる地だ。

彼女にこんなところまで来いというのは非常識だろう。けれど、エルは諦めてないみたいだった。

「おいしいの、いっぱいある。恋人さん、喜ぶ」

「まー、たしかに」

辺境に来て驚いたのは、王都なら貴族の口にしか入らないようなミルクモーの肉やミルクだの、ブラストビーの蜂蜜だのが毎日のように食卓に出される点だ。

何でも、ミルクモーもブラストビーも肉食らしく、王都で飼うのは難しい。王宮の管理下でごくわずか飼育されているだけ。

だが、辺境伯家では、ミルクモーを飼うための場所も確保しているし――半分野生だが――ブラストビーも巣のある場所を抑えていて、裏庭で香味野菜を引っこ抜いてくるのと大差ない気楽さで魔物由来の食材を持ってくる。

「魔物は、たまに出るけど大丈夫。だって、エルも暮らしてる」

「それもまあそうっすね」

王都から辺境に来るのを嫌がる人間が多いだけで、この地でだって普通に暮らしている人間はいる。騎士団の中には妻帯者もいるし、農業に従事する者、狩猟に従事する者もいる。商家の人間がいなければ、商品を流通させることはできない。

「食べ物、送れる？」

「送れなくはないけど、難しいっすよ。ここから王都まで一週間以上かかるんでね」

「うーん、わかった」

何がわかったのかはわからないが、エルはぽんと手を打ち合わせる。

それから、アルドの膝に手を置いた。

「お手紙、書いた方がいいよ」

そんなの、アルドの方がずっとよくわかっている。今まで勇気が出なかっただけ。

「あとは、エルにお任せ。おいしいの、作る」

そんなことを言われても、王都までかかる時間は今説明したばかりなのに。

やっぱり、子供なのだなとぱたぱたと走り去る後ろ姿を微笑ましく見守る。それから、改めて便箋に向き直った。

ろくに別れの言葉を告げることもできないまま出てきてしまった。少なくとも、今の気持ちは正直に伝えておこう。

もし、彼女にもう想う人がいたとしても、アルドが文句を言えた筋合いでないのは十分わかっている。

＊＊＊

アルドの問題は把握した。どうやら、王都というかそこに残してきた婚約者に未練があるらしい。

アルドの婚約者がどんな人なのかはエルにはわからないけれど、ちゃんと一度話をした方がいいのだ。自然消滅してしまえば、相手はともかくアルドの方には未練が残る。

（この場所を、王都の人達は怖がってるって言うしな……）

今日は料理当番がまだ来ていないので、エルが頑張ってバターを練り練り。

ハンドミキサーがあればいいのだが、ここにはそんなものは存在しない。

魔石という動力源はあるし、泡立て器もある。動力源から、泡立て部分にどうやってエネルギーを伝えるのかは考えないといけないだろうけれど、そこさえクリアしてしまえば難しくない気がする。

（……専門家におまかせだなー）

騎士団の工房の人にお願いしたら、作ってもらえないだろうか。武器だけではなくて、農具なんかも作っているらしいから、お願いしたら作ってもらえそうな気もする。

いや、彼らが作るのはあくまでも生活に必要なもの。ということは、お菓子作りに使いたいものはお願いできないかも。

（ロドリゴ様に相談してみようかなぁ……）

ロドリゴの許可さえもらってしまえば大丈夫かもしれない。

頑張れ、頑張れ、というようにエルの隣でジェナとベティがばたばたしている。精霊達の応援があるから頑張れる。

「でーきーたー」

蜂蜜、卵黄、小麦粉と順に混ぜていって、少々寝かせたらクッキー生地の出来上がり。あとは、これを焼くだけなのだが、エルはひとりではオーブンを使えない。

「ふふん、クッキーは、フライパンでも焼ける！　のだ！」

オーブンがなくても、少量ならフライパンで何とかなるのをエルは知っている。そして、エルには無敵のフライパンがついているのだ。

「ジェナ、クッキー、焼きたい」

すとん、とジェナが魔道コンロに乗った。エルが火をつけようとしたら、ぷるぷると震える。火はつけなくていいらしい。少しずつジェナが熱くなってくる。前はこんなことできなかったのに、いつの間にできるようになったのだ。

型抜きしようと思ったけれど、そもそもここには型がなかった。丸い棒状に伸ばしたら、ベティを呼ぶ。

「切ってくれる？　このくらい」

了解、というようにベティがふるふると震えた。鞘からするりと抜けたかと思うと、手際よく切り分けていく。

熱くなっているジェナにどうやって並べようかと思っていたら、切られた生地はひょいひょいと自らフライパンに飛び込んでいった。

「おおおお……！」

あとはもうエルの仕事は残っていない気がする。

先ほど、アルドが便箋を手にうんうんとうなっていたのは、明日王都への使者が出発するからだろう。

月に一度程度、王都からやってくる使者は、辺境伯夫人からの報告書と一緒に、王都で暮らしている家族から騎士団員への手紙や荷物などを一緒に届けてくれる。ドライフルーツや、酒などが送られてくることもあるそうだ。

そして、王都に使者が戻る時には、ロドリゴから夫人への手紙や、辺境の珍しい食べ物、騎士団員達の手紙を持っていくのだという。

（明日までに書かないと間に合わないぞ……頑張れアルド）

注意しながら一度ひっくり返し、両面焼き上がったクッキーは、網の上で冷ましておいて、その間に保存食を入れるための容器を探す。

「ジャンしゃん！」

「どうしました？」

副騎士団長のジャンは、エルを見ると膝を曲げて目線を合わせてくれた。彼は子供を馬鹿にすることなく、同じ目線で話をしてくれるから好きだ。

「あのね、瓶が、欲しい！」

ジャンに呼びかける時にはちょっと緊張したけれど、欲しいがちゃんと「欲しい」と言えた。

ほっとしている間に、ジャンは思案の顔になる。

「瓶、ですか」

「アルド、クッキー、王都に送る！」

まったく要領を得ない説明だったけれど、ジャンはそれで理解した様子だった。

ふむ、とうなずいたかと思ったらエルを連れて厨房の脇にある保管庫に入る。

そこは、いつでも使えるように準備された瓶が並んでいた。たしか、ジャムを詰めるための瓶ではないだろうか。

「この瓶をひとつ、渡しましょうね。記録にはつけておきます」

「ありがと！」

エルは重々しくうなずいた。

食品に関しては、試作の分はエルの裁量で使っていいことになっている。アルドに渡すのは、試作のおすそ分けだ。

まあ、残りはロドリゴと三兄弟のお腹に入るのだろうけれど。

「メルリノ様に、浄化魔術をかけてもらってから使ってくださいね。その方が、長持ちしますから」

「わかった。ありがとう、ジャンさん」

瓶を受け取った。クッキーが五枚ぐらい入りそうな瓶。あまり大きくはない。籠に焼き上げたクッキーと包む用の紙を詰めて、メルリノを探しに行く。

見つけたメルリノに、試作のクッキー二枚と交換で浄化魔術をかけてもらう。エルの見立て通り、五枚入った。乾燥剤を入れ、しけらないようにきゅっと蓋を閉める。

その間に、メルリノは二枚とも食べてしまっていた。

「メルにぃに、ありがとお」

「どういたしまして。このクッキーおいしいですね。ジェナに焼いてもらったんですか？」

「そう」

「たぶん、父上も気に入るから、あとでいっぱい焼いてもらえますか」

「ロドリゴ様、食べたくなったら、料理当番と相談、する」

先ほど頑張ってバターを練った時に思ったのだが、やはりエルの力でバターを練るのは無理だ。今回はアルドのために頑張ったけれど、力仕事は料理当番に任せておきたい。

アルドはたしか、今は見回りの時間だったはず。門のところで、戻ってくるのを待とう。

ラースとハロンとロドリゴの部屋に、それぞれ紙にくるんだクッキーを届ける。三人ともいなかったので、机の上に置いておいた。

ジェナとベティを引き連れ、門のところで待っていたら、見回りに行っていた者達が戻ってきた。彼らは、今日の業務は終了。あとは夕食の時間まで自由時間だ。

「アルド、待ってた！」

エルがぶんぶんと手を振ったら、ジェナとベティもぐるぐる飛び回って合図する。アルドはこちらにやってきた。

「お嬢さん、どうしました？」

「ふふ、アルドにだけ。お味見」

他の人達の目には見えないところにアルドを引っ張っていき、紙に包んでおいたクッキーを渡そうとしたのだけれど。

「……割れた」

丁寧に持ってきたつもりだったのに、割れてしまったものがある。頬を膨らませていたら、アルドは笑ってエルの頭を撫でた。

「お腹に入れれば一緒っすよ。もらっていいんですか？」

「あげる」

「ありがとうございます、お嬢さん」

丁寧に頭を下げ、アルドは割れたクッキーを選んでひとかけら口に入れた。みるみる目が大きくなる。

「うまいっすね、これ。すごくうまい……！」

エルもどさくさにまぎれてアルドに渡した包みから一枚手に取ってぱくり。

「ミルクモーのミルクで作ったバター、ブラストビーの蜂蜜。王都では超高級品」

にやりとしながら言うと、アルドは顔を引きつらせた。

そう、王都ではミルクモーのミルクも、そのミルクから作られた乳製品も、ブラストビーの蜂蜜も超高級品。王侯貴族の食卓に上るぐらいである。

「おいしいもの、いっぱい。アルド、頑張る。恋人さんに、これ、あげる。おいしいの、皆好き」

籠から瓶を取り出して、アルドの方に差し出した。

「いいんですか……？」

「アルド、やる気ない。にぃに達、困る」

ロドリゴもジャンも、アルドの態度に思うところはあるのだろうけれど、基本的には静観している。やきもきしているのは、辺境伯家の三兄弟だ。

「……はは」

エルの差し出した瓶を見ていたアルドは、やがて片手で顔を覆ってしまった。瓶を差し出したままのエルはむっとした顔になる。何がそんなにおかしいというのだ。

「お嬢さん、これはありがたくちょうだいするっす。きっと、彼女も気に入ってくれると思う」

「アルドは、へたれ。恋愛、どんとぶつかるの、大事」

「そんなこと、どこで覚えてきたんすか？」

あれ？　と思ったのは、アルドの声音がちょっと変わったような気がしたから。今までより、張りが出てきたというか、だるそうな気配が抜けたというか。

「手紙、書いてみます」

「まだ書いてなかったのか……まあ、頑張れ」

「お嬢さん、時々妙に大人になるっすね……」

「へたれなアルドよりは大人」

胸の前で腕を組んでふんぞり返ったら、アルドは思わずといった様子で噴き出した。そこ、笑うところではないだろうに。

アルドの手紙に、どんな文章が並ぶのか。それは、エルにはわからないけれど、きっとそこまで悪いことにはならないだろう。そう思った。

第五章　お兄ちゃん達に頼みごとをされたようです

ジャンルカ・バルディー――愛称ジャン――には、忘れられない思い出がある。

十歳年長だった兄との思い出。兄も、甘いものが好物だった。

『兄上、ナッツちょうだい』

『これは、俺のおやつなんだけどなあ』

蜂蜜以外の甘味が手に入りにくい辺境で、王都から届けられる甘味には、ナッツのキャラメリゼが多かった。

辺境伯領と王都の間には月に一度程度使者の行き来がある。辺境で手に入りにくい品も、使者に頼めば買ってきてもらうことはできた。

そうやって入手した甘味を、兄は毎日、少しずつ大事に味わって食べていた。辺境伯家には百人近い騎士が在籍している。そのため、ひとりひとりが頼める荷物の量はさほど多くない。

そんな貴重なナッツのキャラメリゼ。自分に割り当てられた分だけでは足りなくなって、毎回兄の分まで手を出していた。

『しかたないな』

と、兄は本当にしかたなさそうにナッツをジャンの口に放り込んで、ジャンの頭をぐりぐり撫でて。そんな時間が好きだったのに。

（……あの時、兄上の分まで奪うのではなかったな）

おりに触れて思い出すのは、『しかたないな』と笑う兄の顔。よく考えれば、兄だってまだ若かったのにあんな顔ばかりさせるんじゃなかった。

年齢も十離れていたし、早くに両親を失った兄にとって、ジャンは弟である以上に守らねばならない存在だったのだろう。今にして思えば、いつでも年齢よりも落ち着いた風情だった気がする。

『いいか、俺の一番の仕事は、辺境伯様とこの地をお守りすることだ。お前にも、そうなってほしい』

何度もそう言い聞かされた。辺境伯であるロドリゴを守り、この地に暮らす人々を守ることが大切だ、と。

——兄が亡くなって二十年。

今年、三十になった。兄が亡くなった年齢は、とっくに越えてしまっている。

「兄上、この地には今新しい風が吹いているんですよ」

部屋でひとり、甘味と酒をたしなむジャンの前には、グラスがふたつ。ひとつは兄に捧げるためのもの。待機ではない夜は、こうして静かに過ごすのが好きだ。

ラースとメルリノが拾ってきた少女は、最初のうちは無表情だった。少しずつ笑みが増えて、

『おいしい』を口にするようになって。

どこで覚えたのか、はたまた料理の天才なのか。彼女の作る料理は全部おいしい。

メルリノが言うには、精霊の力を物体に宿すことのできる稀有な能力の持ち主でもあるそうだ。フライパンと包丁が、常にエルには付き従っている。

使い方によっては、剣に炎の精霊を宿したり、風の精霊を宿したり、と攻撃力の増加に使えるはず。だが、彼女が精霊を宿したのはよりによって調理道具であった。

（……たしかに、おいしいのですけれど、ね）

兄の分のグラスの横には、今日おすそ分けしてもらったクッキー。蜂蜜の優しい甘さが生かされたもの。

『蜂蜜クッキー、ジャンにおすそわけ』

瓶が欲しいとやってきたエルは、あとからこっそりジャンにクッキーを分けてくれた。辺境伯家の人間以外の騎士達が試作を分けてもらえるのは、タイミングが合った時に限る。

（兄上が生きていたら、やはり試作をもらえた時は喜ぶんでしょうか）

ロドリゴを守って命を落とした兄は、満足だったのだろうか。

グラスを前に問いかけてみるものの、その問いに返事はもちろんないのだった。

＊　＊　＊

辺境伯家において、ロドリゴの右腕と言えばジャンである。

ラースが右腕と呼ばれるには、もう少し時間がかかりそうだし、きっとラースが成長したあとも、ロドリゴの意を一番上手に汲めるのはジャンではないかとエルは思っている。

（……何読んでるのかな）

待機の時間は、やるべきことさえやっていればあとは何をしても構わない。

エルが見つけた時、ジャンは皆から少し離れたところで本を読んでいた。ひとりでいる時は、いつも読書をしているような。

「こんにちは！」

「はい、こんにちは」

エルが近づいて声をかけると、ジャンは優しい声音で返してくれた。いつも穏やかな物腰の彼は、エルが相手でも態度を崩すことはない。

「何読んでるの？」

「エル様には少し難しいと思いますよ？」

今のエルの立ち位置はちょっと特殊で、いずれ辺境伯家の養女になるかもしれないけれど、まだ正式な養女ではない子。そして、厨房では料理担当の辺境伯騎士団の一員でもある。

だから、騎士団内におけるエルの呼ばれ方は様々だ。ロドリゴや三兄弟はエルと呼ぶし、アルドはお嬢さん。

ジャンは、エルのことをもう養女同然と認識しているみたいだった。辺境伯家の本当の娘に対するみたいにエルに接してくれる。

「難しい？」

エルは首をかしげた。

最近、メルリノに教わって少しずつ字が読めるようになってきた。辺境伯家は、よく学びよく働けというわけで、城に大きな図書室も用意されている。

前世の知識がものをいうのか、エルの学習能力はだいぶ高いらしい。もう、ハロンと同じ本が読めるようになっているほどだ。

「読めるもん」

ジャンに両腕を広げたら、それだけで察してくれた。ひょいとエルを抱え上げ、膝に座らせてくれる。

「んふふー、ジャンさんは優しい」

「私は別に優しいわけでは」

後頭部を彼の胸に擦りつけるようにして甘えたら、もごもごと返ってきた。優しいものは優しいのに。

テーブルの上に置かれているのは銀のしおり。ちらりとそちらに目をやり、開かれたままのページに視線を移す。

（……おおお）

そこに記されていたのは、ロマンチックな愛の詩であった。

どうやら恋人を花の妖精にたとえているらしい。甘ったるい言葉が並んでいて、思わず肩越しにジャンの顔を見上げる。

「ジャンさんは……乙女……？」

思わず口にしたら、ぷはっとジャンは噴き出した。

「そうですね。そういう言い方もできるかもしれませんね」

「ふむ。でも、それは素敵なこと」

「素敵なことですか？」

「素敵よ？　ええと……いろいろなものを楽しく読めるのは素敵」

エルはにっこりと笑った。

今のジャンは、前世で言うなら「少女小説や少女漫画を好んで読む男性」と似ている好みの持ち主なのだろう。男性向けだからとか女性向けだからとか言わず、好きなものを好きと言えるのは素敵なことだ。

たしか、前世のお客さんの中にも同じような人がいた。前世のエルは、彼からいろいろな小説を借りて読んでいたような記憶もある。

「なるほど」

騎士団の中にジャンを馬鹿にしている人は見受けられないから、これもジャンの個性として受け入れられているのだろう。

「これ、何？」

本の側には、小さな包みが広げられている。ナッツだろうか。何かナッツ類に絡められていて、甘い香りがする。

「ナッツのキャラメリゼ、です」

「ナッツ、キャラメル」

なるほど。そういえば、ジャンは甘いものも好むのだったか。ここの騎士団には、意外と甘党の人が多い。

「おいしい？」

「おいしいですよ」

そう言えば、少し、ジャンの元気が足りないような気がする。首をかしげて見ていたら、ジャンは困ったような顔になった。

「お腹空いてる？」

「え？」

「元気のない顔をしている、よ」

「これは失礼しました」

すぐに表情を改めたジャンは、エルのお腹に手を回してきた。ぎゅっとそのまま抱きしめられて、エルはおとなしくなされるままになっている。

ここで生活するようになってから、気がついたことがある。柔らかくて温かくて小さなものを抱きしめると、どうやら皆ほっとするらしい。

エルのことを抱きしめる騎士団員というのは存外多く、エルもそういう時にはおとなしく抱きしめられている。エルがそうすることで、心穏やかに過ごすことができるのならお安い御用だ。

ひそかにアニマルセラピーみたいなものだと思っている。

「さて、そろそろ待機の時間が終わりますね……よかったら、これ、どうぞ」

「いいの？」

「ええ。エル様に食べてもらえたら、きっと兄も嬉しいでしょうからね」

ジャンの兄が喜ぶ理由がわからなくて、エルは首をかしげてしまった。

「兄の好物だったんです」

「兄……」

そういえば、ジャンには兄がいたけど、殉職したと聞いたような。誰に聞いたのだったかは、忘れてしまった。

テーブルの上に残されていた包みをさっとまとめたかと思ったら、ジャンはそれをエルの手に握らせた。本を小脇に抱え、待機室を出ていく。

他の騎士団員が彼に続いて出ていくのを見送りながら、エルは渡された包みを開いてみた。中のナッツを取り出し、ひとつ、口に放り込む。

「甘い。おいしい」

ジャンの元気がないのは、どういうわけなのだろう。もし、長い期間続くようなら、エルにできることはあるだろうか。


エルのその疑問は、夕食の時間に解消されることになった。辺境伯家では、特別な理由がない限り、夕食の時は家族で食卓を囲む。

他の人達には聞かせられない機密に関わる話がここで出ることもあるらしい。らしいというのは、エルが来てからは機密に関する話は、エルがいないところですることになったからだ。

今日の夕食は、フェザードランのソテー。甘辛いソースを絡めてある。

エルの小さな手では、なかなかソテーを上手に切ることができない。むぅと頬を膨らませていたら、ちょいちょいと背後から肩を叩かれた。

「ん？」

くるりと振り返ると、空中にジェナが浮かんでいる。柄でエルの肩をたたいたジェナは、そこでひょいと身体を傾けた。中にベティが乗っている。

「ベティが切ってくれるの？　ありがとう！」

ひょいとテーブルに降りたベティは、しゅるりと鞘から抜ける。

そこからはあっという間に肉はエルの一口サイズ。切り終え、ジェナに戻ったベティは、どこか誇らしげにさえ見えた。

「ご飯食べたら、洗ってあげるからねぇ」

汚れたまま鞘に戻すわけにはいかない。騎士団員に頼めば洗ってくれるだろうけれど、ジェナとベティだけはエルが洗うと決めている。

「エルの能力も、貴重なものですよね。ジェナとベティがエルのことが大好きなのが伝わってきます」

と、メルリノは興味深そうな目をベティとジェナに向けていた。

（……何だっけ、精霊具？）

精霊の力は、普通は魔術という形で行使されるのだそうだ。メルリノが回復魔術や結界の魔術を得意としているのは、それらの魔術が得意な精霊と相性がいいかららしい。

魔術を行使する時唱える呪文は、精霊に呼びかけるもの。

そういえば、実家で暮らしていた頃。

エルの周囲ではひゅんひゅんとものが飛び交っていた。あれも、精霊の力なのかもしれない。

「エルを大切にしたいって感じだよな」

とハロンが付け足したら、ジェナが胸を張ったような気がした。フライパンなので、反れるはずもないのだけど。

「そう言えば、父上。最近、ジャンの元気がないような気がするんだけど」

と、話題を変えたのはハロンだった。

流れるような手つきで、フェザードランのソテーを切り分けながら、ロドリゴはため息をついた。

「……そろそろ、命日だからな」

「めいにち?」

「ジャンのお兄さんがなくなって、もうすぐ二十年なんだ。俺達は、誰も会ったことがないんだけど」

と、ラース。長男のラースが十七歳だから、会ったことがなくて当然だ。

「それはともかく、だな。ジャンはしばらくするとまた元気になる。俺達にできるのは、そっとしておくことぐらいだろうな」

ロドリゴもまた、いつになく複雑そうな顔をしている。

彼としても、副官であるジャンに対していろいろと思うところがあるのかもしれない。

(……ジャンさんは、お兄さんのことが大好きだったんだろうな)

前世でのエルは、たぶんひとり娘だった。と判断しているのは、記憶の中ではひとりでいることが多かったからだ。幼い頃は、父と母と三人家族。けれど、父は出張続きでめったに家に戻ってくることはなかった。

母とふたりで囲んだ食卓。それから、こっそりお店に紛れ込んで、常連さん達に可愛がってもらった思い出もある。

けれど、母が亡くなってからはいつもひとりだった。店を切り盛りする人がいないのだから、店をオープンするわけにもいかない。

ひとり分の食事だけ用意して、ひとりで食卓に向かう日々。母がいなくなった分、食卓はよけいに広く感じられた。

前世のエルに兄はいなかったけれど、今まで側にあった温かさが失われる悲しみは知っている。

その日の夕食は、何だかしんみりとした空気の中終了した。

「ラスにぃに、教えてください」

明日の朝の仕込みは、いったんあと回し。ロドリゴが先に席を立つのを待って、ラースを呼び止める。

立ち上がろうとしていたラースは、一瞬きょとんとした顔になった。けれど、エルの質問にはちゃんと応えてくれるようだ。

「俺の部屋に行こうか。メルリノ、ハロン、ふたりも来い」

きちんとテーブルを片付けてから、食堂をあとにする。途中厨房に寄って、ベティを綺麗に洗ってあげた。三兄弟についていくエルの後ろを、フライパンと包丁がふよふよと漂いながら追いかけてくる。

ラースの部屋は、ラースの性格を反映しているかのようにさっぱりとした部屋だった。ベッドにデスク、それから書棚と、剣を置くための棚。

窓のところには敷物が敷いてある。ポイポイと靴を脱ぎ捨て、そこに座ったラースは、残る三人を手招きした。

「エルは、ここな」

「はーい」

ラースの隣を指示される。ラースの向かい側にはメルリノ、メルリノとエルの間にはハロンが座った。ジェナとベティはデスクの上に座をしめる。そこからエルを見守っているつもりのようだ。

「聞きたいことって何だ？」

「……あのね」

ふたりきりの内緒話ではないと判断したから、メルリノとハロンも一緒に部屋に入れたのだろう。

ラースのこのあたりの判断力は、どうやって育てられたものなのかと気になるが、まずはジャンの話をしなくては。

「ジャンさんは、命日の時はいっつも元気ないの?」

「俺が覚えている限りはそんな感じだな……メルリノとハロンはどう見てる?」

「僕も兄上と同じ意見です」

「俺も」

メルリノやハロンの目から見ても、この時期のジャンは毎年元気がなくなるらしい。命日の前後一週間、合計しても二週間続くか続かないかという程度のものらしいのだが。

「……父上も気にかけてはいるんだけどな」

ロドリゴも気にしてはいるのだが、彼には彼で声をかけにくい理由があるようだ。

「……ジャンのお兄さんって、父上の副官だったんだよ。親友でもあったと母上から聞いている」

ラースの説明によれば、以前の副官はジャンの兄だったらしい。

だが、ジャンの兄は二十年前に魔物討伐中に殉職。ロドリゴをかばってのものだったそうだ。

ロドリゴは、今でもジャンに対して申し訳なく思っているようで、この時期のジャンには声をかけるのもはばかってしまっているらしい。

(……だから、か)

兄の好物なんです、とエルに笑いかけた時のジャンの顔を思い出した。あの時、ジャンはどんな顔をしていただろうか。

兄に対する思慕の念と、あとは——申し訳なさのようなもの？　ジャン個人についてさほど深く知っているわけではないから、それ以上はわからなかった。

「そうだ、エル。何か、おいしいものは作れないですか？」

不意にメルリノに話を振られ、エルは顔を上げた。

おいしいものを作るのは可能でも、今のジャンに必要なんだろうか、それ。

「この時期、ジャンの食欲が落ちがちなのが気になっているんですよね。彼はきちんと体調管理をしているから、倒れるようなことはないけど」

「あー、そう言えばそうかもだな。夜は別だからわからんけど、朝はあまり食ってないかも」

ラースが天井を仰ぐ。ジャンの食欲がどうかなんて、エルはまったく気にしていなかったので驚いた。

「俺にできることがあれば手伝うから、お願いできないかなあ」

と、ハロンが身を乗り出す。

「俺からも頼む。ジャンの元気がないと、いつもの調子が出ないもんな」

「……わかった。やってみる」

どうせ、エルもジャンの様子が気になってしかたなかったのだ。エルにできることはさほど多くないけれど、何ができるか考えてみよう。

できる限りのことはしたかったけれど、安請け合いはするもんじゃないな、とベッドの中で苦笑いする。子供は早寝しないといけないから、ラースの部屋での秘密会議が終わったら早々に就寝の支度に追いやられたのだ。

今日はまだ眠気が来ないから、ベッドの中でごろごろとしている。

(ナッツを食べてたのって、栄養があるからかなぁ……)

ナッツ類は栄養価が高いから、前世でも登山に行く時に持っていったり、災害用の非常食として保存したりしている人もいたと記憶している。

食欲がないというジャンが、あえてナッツを食べていたのは、栄養面も考えてのことなのだろうか。お兄さんとの思い出の味というだけではなく。

(うーん、だとしたら、もらっちゃってよかったのかな)

最低限の明かりだけつけている中、ごそごそと今日、ジャンにもらったナッツを取り出してみる。キャラメリゼされたそれは、開くと甘い香りを漂わせた。

お店のお客さんにも好きな人がいたな……と記憶を手繰り寄せる。

エルの記憶にある店は、小さく、カウンター席しかなかった分、調理場にはいろいろな調理器具や食材が並んでいた。

あれが食べたい、これが食べたいと注文されるうちに、どんどん作れる料理の幅は増えていった。

メニューに乗せているのは基本的な料理だけだったけれど、『○○さんが来た時には、これを出そう』『○○さんは、こんなものが好きかな』と考えるのも楽しかった。

ナッツのキャラメリゼは、お客さんの要望で、一度作ってみたことがある。

(どうやって作ってたっけ……)

料理方法はさほど難しくない。キャラメルを作り、それをナッツに絡めるだけ。ナッツの塩気とキャラメルソースの甘味が絶妙に絡み合って、あとを引く味だった。

ナッツはある。食料保管庫のナッツ類に塩味はついていないが、あとから塩味を足すことはできるはず。

キャラメルも、ジャンの分ぐらいなら、砂糖を使ってしまってもよさそうだ。

(そうだ、荒挽き胡椒！)

前世で経営していたのはお酒と料理の店だったから、お店のお客さんは、お酒を飲む人が多かった。

どこかのバーだかクラブだかでおつまみとして出てきたのがおいしかったなーという話の流れでその場でぱぱっと作ったような記憶がある。

あの時は、クルミ和えを作るために常備していたクルミにキャラメルをかけたのだったか。

（――そうと決まれば！）

明日、試してみよう。そう決めると、エルは手を伸ばして明かりを完全に落とす。早く寝て、明日やるべきことをやったら、ジャンのための甘味作りだ。


昼食を終え、夕食の仕込みを終えるとエルは腕まくりをして気合を入れた。ふんすっと鼻息も荒く食料保管庫に向かう。

「ナッツを出す」

最初にそう言ったけれど、ナッツが置かれている棚は高かった。椅子を運ぼうにも、椅子が重くて動かない。

「ハロにぃに、手伝ってください……」

「任せて」

エルが届かない場所も、ハロンなら届く。ハロンは棚からナッツの保管されている瓶を次々に下ろしてくれた。

まずはナッツの調理だ。クルミとアーモンド。それからこの地でよく食べられている名前のわからないナッツ。

それらをひと掴みずつボウルに入れる。大匙一杯分の塩水を絡めたら、あとはジェナにお願いだ。

「火、つける。お水、蒸発するまでお願い」

そう頼むと、小刻みに中身を揺さぶりながら上手に熱してくれる。ハロンも木べらを手に、頃合いを見計らってかき混ぜてくれた。

ナッツの水分を飛ばし終えたら、今度はキャラメルソース作りである。ジェナに砂糖を投入。せっかく辺境伯領にいるので、ブラストビーの蜂蜜も追加してみる。温めたミルクを少しずつ入れて、ちょうどいい具合になるまで煮詰めていく。

「なーなー、俺の分もある？　手伝ったし」

「……ちょっとだけなら、いいよ」

ハロンがいそいそと厨房についてきたのは、これが目当てだったのか。ジャンに渡す前に味見をしてくれる人がいるならありがたいけれど。

と、キャラメルソースのいい香りが漂い始めたところで、ロドリゴが顔を覗かせた。

「何してるんだ？」

「エルが、ジャンにナッツのお返しをするんだって」

「……そうか。で、胡椒は何に使うんだ？」

エルの手に、ミルがあるのに気づいたらしい。

「ナッツ、甘くてしょっぱい。そこに辛いの入れる。大人のお味」

むふーと鼻息荒く説明したけれど、ロドリゴには今ひとつピンと来ていないようだ。

「ロドリゴ様、見てたらいい」

「甘い香りがするな」

「ふふん、これからですよ。ロドリゴ様。ハロにぃに、ナッツにソースをかけてくださいな」

「これでいいか？」

とろりとしたキャラメルソースが出来上がったところで、ナッツに絡める。そして、ここからが最後の仕上げ。

「ロドリゴ様。胡椒、がりがり、して」

「がりがり……おお、そうか」

キャラメルの上から粗挽きにした胡椒少々。これで、冷めたら完成だ――と、ロドリゴがひょいとクルミを取り上げた。

「甘くて、しょっぱくて……あ、ピリッとする。美味い。ああ、これか大人の味」

にやにやして、さらにふたつ目、三つ目と続くロドリゴの手を、エルはぺちんと叩いた。

「これはジャンさんの。ロドリゴ様のじゃ、ない」

「いいだろ、試食は必要だ」

「試食、大事……」

一瞬うなずきかけたけれど、すでに四つ目に手が伸びているではないか。慌ててもう一度ロドリゴの手をぺちんとした。

「これはジャンさんの！　ロドリゴ様のは明日作る！」

「明日かよ！」

「だってもうエルおねむのお時間だもの。起きたらお夕食の準備」

子供は早寝早起きしろというのが辺境伯家の家訓である。辺境伯家の三人も、見習い騎士達も夜の待機は十八になるまで免除されているそうだ。

ましてやエルはまだ五歳。昼寝の時間も必要だ。子供には、睡眠時間が必要なのだ。

「おねむのお時間、か。そうだな――」

そして、そろそろ昼寝を始めなければならない時間だ。

「エル、俺の分は？　父上が食べちゃったからもうない？」

「ハロにぃにはこれだけ食べていい――ロドリゴ様はだめって言った！」

小皿にハロンの分を取り分けてやったら、そこにロドリゴの手が伸びた。子供のおやつに手出しをするとはどういう了見だ。

ロドリゴの手を掴んでじぃっと睨みつけたら、ははっ、と笑われた。手を引き抜いたかと思ったら、エルの頭をぐしゃぐしゃとかき回してくる。

「ロドリゴ様、こちらにいらしたんですね」

ロドリゴに頭をかき回されていたら、ジャンがこちらに顔をのぞかせた。ロドリゴを探していたらしい。

「おう、ジャン。これ、食え。美味いぞ」

「あー！」

エルから勧めようと思っていたら、先にロドリゴがジャンを招いてしまった。

（作ったのは、私なんですけどー！）

エルが作ったものを、なぜ先に勧めてしまう。まあ、この城の主はロドリゴだし、それを言えば食材もロドリゴのものかもしれないけれど、作ったのはエルなのに。

「……これは」

驚いたように、ジャンは目を瞬かせる。エルはロドリゴの膝で手をぱたぱたさせた。

「ナッツのキャラメリゼ！　大人のお味よ！」

大人のお味という言葉に、ジャンもまた頬を緩めた。そんなにおかしいか。

「ジャンさんの分、もらったからお礼」

「ありがとうございます、エル様」

昨日、ジャンのおやつをもらってしまったので、お礼に作ったと言えばジャンはますます笑みを深くした。

テーブルに置かれていたナッツをひとつ取り、エルの手でジャンの口へ。彼の目が丸くなる。

「これは……おいしいですね」

「でしょー！」

「塩味と甘味と、ぴりっとした辛みが合っています」

よかった、とエルはひそかに胸を撫でおろした。おいしくできたとは思っていたけれど、ジャンが気に入ってくれなければ意味がないのだから。

「エル様、あとで作り方を教えていただけますか？」

腰をかがめたジャンが、思いがけない頼みをしてきたので、エルは目を瞬かせた。作り方はさほど難しくないと思うけれど、ジャンが作るのだろうか。

「兄のお墓に供えたくて――きっと、喜んでくれると思うんですよ。お酒にも合いそうです」

「ジャンさんはお酒好き？」

「ええ。読書をしながら、お酒を飲むのが楽しいです」

ふむ。お酒と甘味と愛の詩。素敵な組み合わせではないだろうか。

「いいよ。明日、教えてあげる。エルは、そろそろおねむしないとね」

子供の身体でいるのが、こんなにも大変なものだとは思っていなかった。すぐに疲れるし、すぐに眠くなってしまう。

「おやすみなさい、ロドリゴ様。おやすみなさい、ジャンさん」

そろそろ、上瞼と下瞼がくっついてしまいそうだ。ふわ、とあくびをしながら気がついた。

エル本人は、味見してなかった！

＊＊＊

ハロンに連れられたエルが厨房を出ていくと、ロドリゴは皿を引き寄せた。

「悪いな、ちょっと付き合ってくれるか」

「承知しました」

ロドリゴに対する恨みの念というのはまったくない。兄がどれだけロドリゴを大切に思っているか、ジャンはきちんと知っているから。

この地を守るために日夜働き続けている人を、どうして恨めるだろう。兄が、ロドリゴをかばって命を落としたのも納得できるような気がしている。

もし、ジャンが同じような状況に陥ったなら。

きっと、兄と同じ行動を取るのだろう。そう断言できる。

ロドリゴがジャンを招き入れたのは、騎士団長の執務室だった。

「他のやつらには内緒な?」

と、顔の前で指を一本立てて、ロドリゴは執務机の後ろの棚から、酒の瓶とグラスを取り出した。グラスはふたつ。

「氷を頼む」

「かしこまりました」

今、ロドリゴが棚から出したのは、王都でしか手に入らないブランデーだ。たしか、二十年物だっただろうか。

用意されたグラスに、ジャンは魔術で生み出した氷を三つずつ落とす。慎重に注がれたグラスを、ロドリゴはひとつジャンの前に滑らせてきた。

「まあ座れ、そして飲め」

主の命令には逆らわない。まだ昼間だが、たまにはいいだろう。

それに、このレベルのブランデーともなると、王都でもなかなか手に入らないのだ。王都と行き来している使者に時々酒を頼むこともあるけれど、一度も入手に成功したことはなかった。

「――忘れては、いないからな」

「知っていますよ、そんなことぐらい」

ロドリゴが、兄のことをどれだけ大切に思っているのか、ジャンはちゃんと知っている。兄の墓はいつだって綺麗に掃除されていて、そこに辺境伯家の庭で育てられている花が供えられているのだから。

「……私は、いつ兄に追いつけるんでしょうね」

いつだって、兄の背中は大きいように感じられた。いつまでも、兄の背中を追い続けることができると思っていたのに。

「追いついているさ。俺のなくてはならない右腕だ」

「いつかは、ラース様が右腕になりますね」

口の中でほろりと広がるキャラメルの甘味。そしてそれを追いかけてくる胡椒の刺激と塩味。

兄と自分の好物に、ひと手間加えるだけでこんな変化をするとは思ってもいなかった。

「その時には、ラースも支えてくれるだろ?」

「もちろんですとも」

お酒のつまみ、とエルが言っていたのもわかる気がした。

これは、大人だけの特権の味だ。きっと、子供には刺激が強すぎる。

「ありがとうございます、ロドリゴ様」

「……何だよ、急に」

「いえ、言いたくなっただけですよ」

例年なら、ひとりで兄を偲んでいた。

だが、ジャンと同じぐらい兄を大切に思ってくれる人と、こうやって時間を過ごすのも悪くはない。

明日は、エルにこのナッツの作り方を教えてもらって、兄と乾杯しよう。

それを思えば、この時間がなおさら愛おしいもののように思えてならなかった。

＊　＊　＊

ふむ、とジャンの様子を見ていて思う。

お兄さんの命日を過ぎたからか、いつもの調子を取り戻してきたような。ナッツのキャラメリゼの作り方は、先ほど伝授した。

ジャンも甘いものが好き、と心のメモ帳に書いておく。

おいしいものは心を豊かにしてくれるし、人生の幸運度が爆発的に上がる。辺境伯領の食材は豊富だし――ほとんどが魔物素材であるけれど――これからも、この場所でおいしいものを作っていきたい。

騎士団員達の様子を見ていたら、ジャンが待機場所を離れるのが見えた。もしかして、先ほど作り方を教えたナッツに、何か問題でも発生したのだろうか。

こっそりジャンのあとをついていくと、城の敷地の端にある墓地を訪れていた。

（……ここは）

ここは、辺境騎士団の団員達が眠っている場所だ。

騎士団員達は、高度な訓練を重ねているけれど、死者がゼロというわけにもいかない。ジャンの兄は、もともとロドリゴの副官だったというから、思うところがいろいろとあるのかもしれない。

「きっと、あなたが生きていたとしたら」

不意にジャンの声が響く。もと来た道を引き返そうとしていたエルは、思わず足を止めてしまった。

「私は、今みたいな地位にはいなかったかもしれませんね」

ジャンは、ロドリゴの副官となっている今の状況に不満があるのだろうか。それを問いただそうとし、でも、エルは口を閉じてしまった。

エルが口を挟んでいいような問題ではない。

（……でも）

毎年この時期にジャンの元気がなくなるというのは、皆にとっては心配なことかもしれないけれど。ジャンにとっては、兄の存在を改めて胸に刻みつける大切な時期なのかもしれない。

「エル様」

「ひぇえっ！」

ぼーっと考え込んでいたら、ジャンがすぐ側まで来ていた。盗み聞きしていたわけではないけれど、エルは手をばたばたと振ってしまう。

「べ、別にジャンさんをつけてきたわけじゃないんだからねっ！」

「存じておりますよ。ねえ、エル様。ひとつ聞いていただけますか？」

「エルに話す？」

子供に、何を話そうというのだろう。ジャンはすっと目を伏せた。

「ロドリゴ様が、立派な騎士団長であるのは知っています。尊敬はしています。でも、この時期になるとここが痛いんです」

エルよりもだいぶ年上の人が、苦しそうな顔をして胸に手を当てている。

「ジャンさん、座って」

「座る？」

意味がわからないというような顔をしながらも、ジャンはその場に膝をついてくれた。エルは手を伸ばすと、ジャンの頭を撫でる。

ロドリゴも、三兄弟も、騎士団員達も、エルの頭はかき回していいものだと思っているらしい。しばしばぐりぐり回されるから、エルの方もすっかり慣れてしまった。

「ジャンさんは、偉い。ロドリゴ様、ジャンさんのおかげですっごく助かってる」

たとえばロドリゴがあと回しにしがちな書類仕事だとか。隊内の規則を必要に応じて見直すとか。そういった作業は全部ジャンが引き受けているのをエルは知っていた。

「ジャンさんは、ジャンさんだし、お兄さんは、お兄さん。エルはお兄さんのことは知らないけれど、ジャンさんのことは好きよ？」

「……エル様」

ほっとしたような、泣き出しそうな、そんな顔をしていた。エルは、胸の前で腕を組んだ。ふん、とその場で胸をそらす。

「エルは、難しいことはわからない！　そして、ジャンさんの話は難しい！」

「難しい、ですか――たしかに、そうですね」

ジャンの顔が苦笑いの顔になった。

「抱っこしてくれたら許す」

「かしこまりました」

何を許すのか、それはエルにはわからない。というより、何か許す必要があったのかどうかも謎だ。

けれど、これで少しでもジャンの気持ちが楽になるのなら、エルを抱き上げ、連れ回せばいい。

このぐらいしかエルが騎士団に貢献できることはないのだし。

「ジャンさんは、辛いナッツと辛くないナッツ、どっちが好き？　エルは辛くないの。甘いのがいい」

「どちらも好きですが、お酒に合わせるのなら辛い方でしょうか」

エルに対してまで、ジャンはこんな丁寧な態度を崩さない。

（……言ってあげたいことはいろいろあるんだけどな）

きっと、ジャンの兄もジャンのことを誇りに思っているとか。ロドリゴは、ジャンが思っている以上にジャンのことを頼りにしているのだとか。

けれど、それはエルの口から言うことはできなくて。その分、エルの胸のあたりもぎゅっと掴まれたみたいになる。

「ジャンさん」

「何でしょう？」

何を言えばいいのかわからないままジャンの名を呼ぶと、至近距離で彼は微笑んだ。

「歩く。手を繋いで」

「わかりました」

今はただ、こうやってジャンが穏やかな時間を過ごせていることに感謝の気持ちを捧げよう。

エルをこの世界に生まれ変わらせることにした神様なら、きっと喜んでくれる気がする。

第六章　辺境伯夫人は女の子も欲しかったようで

今日は、城中がそわそわしている。その理由がエルにはわからなくて、エルは首をかしげた。

「ハロにぃに、何かあった？」

「あー、エルは聞いてなかったか！」

ハロンは妙におじさんぽい仕草で額をパチン、と叩いた。聞いていないって、何の話だろう。

昨日も夜遅くまで、今日は朝からメイド達——城下町から通ってくれる町の住民の奥様方だ——が、城中をピカピカに磨き上げている。

厨房はエルが入るようになって以降は清潔第一にしているから、大掃除もさほど大変ではなかった。でも、城中の敷物は綺麗にはたかれ、洗濯されたし、棚の上の方まで丁寧に磨き上げられている。

きっと、誰か重要なお客さんが来るのだろうと思っていた。

「今日、母上がお帰りになるんだ」

「はは、うえ……？」

一瞬、その言葉が何を意味しているのかわからなくて、きょとんとしてしまった。口にしてから気づく。

「辺境伯夫人、ロザリア様！」

「かしこいー！」

パァンとエルとハロンは手を打ち合わせた。

ロザリアはロドリゴの妻であり、三兄弟の母だ。

普段は王都で暮らし、辺境伯家の影響力を王都の社交界で見せつけているのだとか。領地には、時々戻ってきてひと月ほど滞在するらしい。

「ロドリゴ様、ロザリア様と離れてて寂しくないのかな？」

ラースが十七歳という年齢から判断すると、ロドリゴとロザリアの結婚生活は二十年近くになるはず。でも、離れて暮らしていて寂しくならないのだろうか。

「父上と母上は毎晩、魔道具を使って話をしているしなあ」

魔術師が魔術をこめて作った便利な魔道具で、毎晩相手の顔を見ながら話をしているそうだ。

前世で言うところのテレビ電話とかオンラインミーティングみたいなものだろうか。

（……ふたりがそれでいいなら、何も言えないんだけど）

たしかに辺境伯家の影響力を、社交界にもきちんと見せつけておくのは大切なことなのだろう。辺境伯家は王都から一週間以上かかるところにあり、なかなか普段は行き来できないらしいから。

「馬だけなら、すぐに行き来できるぞ。あと、魔道具もあるしな」

さすがに一瞬にして転移するような魔道具はないが、馬車よりずっと乗り心地のいい魔道具もあるそうだ。それに、馬だけ使うなら、もっと早く往復できるらしい。

「――なるほど」

辺境伯夫人は、こちらに戻ってくる時は侍女も連れずひとりで着替えのできる身軽な服装だし、日用品もこちらに置いてあるもので十分だということで、王都からは五日ほどで到着するそうだ。

いくら馬を替えながらとはいえ、馬車の半分程度の日数で来られるということは、辺境伯夫人も体力があるのだろう。

「エル、ご挨拶、する」

辺境伯夫人には、きっちりとご挨拶しなければ。

エルの命の恩人達の母親であり、現在進行形でお世話になっている人の妻。

一応料理人としての役目は与えられているけれど、エルのやっていることなんて厨房での監督ぐらいのものだし、胸を張って働いているとは言えないと思う。

せめて、お世話になっているお礼と挨拶ぐらいはしたいところだ。

「おー、母上もきっと楽しみにしてるぞ」

「お着替えしなくちゃ！」

ぱっと自分の姿を見て気がついた。

今まで厨房でクッキーを作っていたから、エプロンが粉まみれだ。辺境伯夫人が来るというのなら、彼女のおやつに出してもいいだろうか。でも、その前に身なりを整えなくては。

「クッキー焼いて、着替える」

「着替えなくて大丈夫。エプロンだけ外せば」

寝かせておいた生地を細かく切り分け、大急ぎでジェナに乗せていく。完璧なフライパンであるジェナは、すかさず焼き始めてくれた。

「いい香り……」

厨房に漂う甘い香り。冷ますために網の上に並べたところで、粉まみれのエプロンは、洗濯ものを入れる籠にポイ。

「ハロにぃに、エルの服、おかしくない？」

「エルはいっつも可愛いぞ！」

辺境伯夫人の前に出るのにちゃんとした服じゃなくていいのかと思って聞いたけれど、ハロンの答えはエルが期待していたものとはだいぶ違った。

（……まあ、いいか）

辺境伯夫人も、エルが身軽な服装をしていたところで叱らないだろう、たぶん。

今までの辺境伯家の人々の様子からそう判断すると、エルは辺境伯夫人を出迎えるための列に加わった。

馬にまたがった一行がやってきたのは、エルが列に加わってすぐのことだった。

護衛の騎士が五人、六人。

(あれ、辺境伯夫人は?)

護衛の騎士は見えるけれど、辺境伯夫人らしき人はいない。

いぶかしがりながら近づいてくる人達を見ていたら、中央にいるのが女性であることに気がついた。たぶん、あの人が辺境伯夫人なのだろう。

「ただいま! あー、王都は肩が凝って嫌になってしまうわ!」

馬から飛び降り、騎士の手に手綱を預けるなりそう言い放った辺境伯夫人は、ロドリゴに満面の笑みを向けた。

「ただいま、あなた。やっぱり、本物の方が素敵ね」

「ロザリアは、変わらず綺麗だな」

うわーお、とエルは心の中でつぶやいた。こわもてな外見に反して、ロドリゴは言葉を惜しむタイプではなかったようだ。そして、人前でいちゃいちゃするのも気にならないタイプだったらしい。

たしかに辺境伯夫人ロザリアは美しい人だった。

均整の取れた長身を、騎士達と同じ衣服で包んでいる。明るい茶色の髪。気の強そうな緑色の目に、小さな笑みを浮かべている口元。圧倒的な存在感。彼女がいるところには、光が差しているようだった。

「ラース、メルリノ、ハロン」

子供達の名を順番に呼び、それからぎゅぎゅっと抱きしめる。

ラースは恥ずかしそうに笑い、メルリノは照れ隠しのように頬をかいた。ハロンはぎゅっと抱きしめ返しておいて、エルを手招きする。

「母上、エルだよ」

「んまあああっ！」

ロザリアは、エルを見るなり目を輝かせた。緑色の目が、一段と明るさを増す。

（……嫌われてはいなそう？）

そう思いつつも、なぜ、彼女がこんなにエルを見つめているのかがわからない。

「可愛いわね、本当に可愛いわね……あなたに似合いそうなお洋服をいっぱい持ってきたのよ！　私、女の子も欲しかったの！」

エルも、三兄弟と同じようにぎゅぎゅっと抱きしめられた。

旅をしてきたというのに、ロザリアの身体からはふわりと優しい花の香りが立ち上る。

（お母さん……）

不意に、その言葉が頭に浮かんだ。今回の人生の母親のことは覚えていないけれど、前世の母からはたくさんの愛情を与えられた。母の温かさを思い出す。

「……どうしたの？」

エルが涙ぐんでいるのに気がついたらしく、ロザリアはエルを離した。

「へんきょうはくふじん、いい香り、する」

この城に来たばかりみたいな口調になってしまった。その言葉にロザリアはますます目を丸くする。

「あなたさえよかったら、ロザリアと呼んでちょうだい。お母様でもいいのよ」

「それはまだ早いだろう。俺も名前でしか呼ばせてないぞ」

「ロザリア、様。ロザリア様……」

ロザリアの名前を呼ぶと、心がふわふわした。

母って、こんな感じだった——うん、そうだ。前世の母も、こんな感じだった。

「可愛いわ、本当に！」

もう一度ぎゅううっと抱きしめられて、エルはまた笑い声をあげた。辺境伯夫人に会うというから緊張していたけれど、こんなにも幸せな気持ちになれるのならあまり脅えなくてもよかった。

「懐かしの我が家だけど……ここはお食事がおいしくないのが難点よねぇ……王都の料理人をここまで連れてくるわけにもいかないし」

ロザリアが頬に手を当てて嘆息した。

そう、以前はロザリアの食事も、料理当番の騎士団員が作っていたのだ。おいしくないと言っても、ちゃんと毎回完食はしていたそうだ。

ここは危険な地だから、わざわざここまで来たいという調理人を見つけるのは至難の業なのだ。いくら、辺境伯家が名門だといってもだ。

「それなら、問題ないぞ。な、エル！」

「はぁいっ！」

ロドリゴに目を向けられ、エルはぴしっと手を上げた。ここに専属料理人がいるのだ。

エルがやっているのはレシピの提供と、調理の指示出し、それから最終的な味の調整が中心だけれど、辺境騎士団の料理人のひとりであるのだ。

以前よりはずっとおいしいものが食べられるのは間違いない。

「本当に？」

少しばかり、ロザリアが信じられないような顔をする。

「エルにお任せくださいなっ！」

おいしい料理を出したら、ロザリアはどんな顔をするのだろう。それを思うと、エルもわくわくしてきた。

厨房に入り、樽の上に立ち上がったエルは、右手を突き上げて宣言した。

「それでは、ロザリア様のために調理を始めまぁすっ！」

「おーっ」

と、騎士団員達が揃って返事をする。

ロザリアがここに滞在している間は、三兄弟は料理当番を免除されるらしい。

というのも、王都の勢力関係に関する情報をロザリアから叩き込まれたり、勉学の進み具合の確認をされたりするのに忙しいからだそうだ。

エルはそちらは関係ないので、いつもの通り料理係である。

「ご飯を、炊きますっ！　炊き込みご飯っ！」

なんと、魔族のお姉さんからゴボウを入手することに成功した。『木を食べさせるつもりか』と騎士団員達には、最初は不気味がられたけれど、一度調理して味見させたら納得してもらえた。

「フェザードランと、ニンジンと、ゴボウと、キノコを炊き込む。炊き込みご飯」

まだ、豆腐の製造に成功していないので、油揚げを作ることはできていないのが残念だ。油揚げが入ればもっとおいしくなるのに。

炊飯用の釜は、魔族の行商人から入手した。調味料も一通り揃っている。いつか、魔族の暮らしている地域にも行ってみたいものである。

「それから、唐揚げ。作り、ますっ！」

唐揚げは、もう何度も騎士団の食卓に乗っている。最初のうちはオーソドックスなものを作っていたのが、近頃は香辛料を絡めたものや、塩味のものも作るようになった。

今日は、基本の唐揚げと塩味の唐揚げの二種類を用意。これもまた、もうエルが指示しなくても問題なく作ってもらえる。

「大根とニンジンは、マリネ。お口直し」

唐揚げだけでは、口の中が脂っこくなってしまう。口直しにさっぱりとしたものも欲しい。

「あと、すき焼き。食べる？」

「食べる！」

全員が勢いよく手を突き上げる。

さすがに毎回庭でバーベキューというわけにもいかないので、小さな鉄鍋と、食卓用の魔道コンロを工房で作ってもらった。

この国では、鍋文化は存在しないから、きっとロザリアにも珍しいと思ってもらえるはず。

それから、加熱した野菜をドレッシングで和えたホットサラダ。騎士団員には栄養もばっちり取ってもらわなくてはならない。

すき焼きがあるからサラダはいらないかなと思ったのだが、肉ばかり食べる人が出るのでサラダはひとり一皿強制である。

「では、調理開始っ！　よろしくお願いしますぅ！」

エルは皆が返事をするのを確認すると、樽の上にちょこんと腰を下ろした。エルの前には、包丁のベティがずさっと調理台の上を滑って近づいてくる。エルはここで、ニンジンと大根のマリネを作るのだ。

「ニンジンと、大根、切る」

ニンジンと大根を細く切り、塩を振ってしんなりとさせる。砂糖と酢で和えればなますだけれど、この城の人達はなますよりもマリネにした方がよさそうだ。

酢ではなく、レモンの果汁を絞り、塩胡椒、オリーブオイルと蜂蜜で和える。味を調え、少し寝かせれば完成だ。

今日はロザリアが帰ってきたお祝いの日である。大食堂に全員が集合した。

「……んまあああっ！」

テーブルを見たロザリアは、今まで聞いたことがないような声をあげた。

「これが、我が家の食卓なの？　王宮の食卓より豪華なのではない？　でも、あのお肉とお鍋はなぁに？」

両手を頬に当て、視線を忙しくめぐらせている。気に入ってくれたなら、何よりである。隣にいるロドリゴがなぜか得意そうになっていた。

「あれは、テーブルで調理するから美味いんだ」

「そうなの？」

今日もしっかりうどんは準備してある。炊き込みご飯とうどんで炭水化物アンド炭水化物だが気にしてはいけない。今日は、ご馳走なのだ。食べすぎ万歳の日である。

「当番の者は悪いな。酒は明日で頼む」

「お任せくださいっす！」

と、いい返事をしたのはアルドだ。今日の彼は、いつも以上に機嫌がいい気がする。何かいいことがあったのかな、とは思ったけれど、彼の席からは離れている。もしかしたら、あとで話を聞く機会があるかもしれない。

「ロザリア様、お帰りなさいませ！」

エルの言葉を合図にしたように、宴会が始まった。アルドの率いる隊は、今夜が待機当番らしい。待機当番は、こういう時でも酒を飲むことは許されないのだ。

「あらあらあらあら、この揚げ物おいしいわ！」

「母上、それはフェザードランの揚げ物です」

真っ先に唐揚げに手を伸ばしたロザリアは、揚げたてアツアツの唐揚げに感銘を受けたようだった。フェザードランの肉だというラースの言葉に目を丸くする。

「今までは、焼いた肉しか出てこなかったのに……私も、料理は苦手だから……」

ロザリアも、ここで暮らしていた頃は料理当番に加わっていたそうだ。だが、彼女も料理があまり得意ではなかったという。

「うん、このマリネで口の中をさっぱりさせるのね」

ロザリアが唐揚げとマリネを堪能している間に、ロドリゴは卓上コンロをつけた。熱した鉄鍋で、ミルクモーの肉を焼く。割り下を入れれば、じゅーっと醤油の焦げるいい香り。

「今度は何？　え、生卵？」

「ま、食ってみろ。今まで知らなかった味だ」

ロザリアは、ロドリゴから受け取った肉に卵を絡めて食べる。

「――まあ」

それきり、彼女は口を閉じてしまった。合わなかったのだろうか。

不安に揺れる目で、エルはロザリアを見つめる。

「とてもおいしいわ。この調味料は今まで使ったことがあったかしら？」

「焼いた肉にかけるぐらいだったな――っと、今度は野菜を煮る。肉も煮る」

辺境伯家では、ロドリゴが鍋奉行になったらしい。彼に任せておけば、エルの前にはおいしく調理された肉や野菜が差し出される。

エルは、出された料理をおいしく食べればそれでいい。

（……幸せ、だなぁ……）

大好きな家族――に限りなく近い人達――と、食卓を囲む。エルも手伝った料理をおいしいと皆で食べる。なんて幸せなんだろう。

「ロザリア様、おいしい？」

「ええ、とっても。エルちゃん、やっぱりあなたこのまま家の子になっちゃいなさいよ」

ロザリアに誘われて、エルは目を瞬かせた。

今まで何度もロドリゴも三兄弟も誘ってくれた。だが、今まで返事をしなかったのは、ロザリアと顔を合わせていなかったから。

ロザリアがエルを歓迎してくれない可能性だってあったし、そこで返事をしてしまうことはできなかった。

――でも。

エルは首を横に振ってしまった。

ロザリアが誘ってくれたのは、嬉しい――でも。

頭の中で、実家のことが思い出される。エルを殺して捨てようとした人達。

あの人達も、たぶん貴族だった。もし、あの人達が、辺境伯家の人達に迷惑をかけるようなことになったら？

「お返事は、今すぐじゃなくてもいいのよ。じっくり考えて」

「……はい、ロザリア様」

ロザリアの誘いにすぐ応えられなくて、ちょっぴり、食卓の空気を悪くしてしまったかもしれない。

食事を終えて部屋に戻ろうとしていたら、アルドがエルの前に来た。

「アルド、どうしたの?」

「返事が来たっす、ありがとうっす!」

「あぁ……」

すっかり忘れていた。アルドの恋路は、エルにとってはさほど重大ごとではなかったので。

「よかったね。だから、頑張る?」

「こっちに来てくれるって言うから、頑張るっす」

「わぁお」

アルドの婚約者は、王都で待つという選択肢ではなく、辺境伯領に嫁ぐという選択肢を選んだらしい。ここは魔物が出て危険な地域だということを差し引いても、実家を離れて遠くまで嫁ぐのだからたいした決断力である。

「アルドにはもったいない……」

「その感想はどうなんですかね、お嬢さん!」

エルの知っているアルドは、わりとやる気がないので、しっかりした女性が彼と結婚してくれるのなら、それでいいのかもしれない。

「お嫁さん来たら、お祝い、作るよ」

「本当に？　お嬢さんの菓子は美味いって、彼女も喜んでいたっす」

エルが送るようにおすそ分けした蜂蜜クッキーが、アルドの婚約者の気持ちを動かしたのなら悪くはなかったのかもしれない。アルドがあのままでは、きっと彼は近いうちに大けがをするか下手をしたら命を落としていただろうから。

「ちょっといいかしら」

アルドとエルが話しているところに、ロザリアが割り込んできた。

「あの蜂蜜クッキー、エルちゃんが考えたのですって？」

「えっと……はい」

「わかった。行くわよ」

「ええええっ！」

行くわよと宣言するなり、ロザリアはエルを抱き上げた。

どこに連れていくつもりなのだ。

アルドが唖然として見送っているので、とりあえず「バイバイ」と手は振っておいた。彼との用件はもう終わっていたからまあいいだろう。

エルを抱えたロザリアが突入したのは、辺境伯一家の居間だった。

「あなた、ちょっとお話があるの」

「どうした？」

「エルちゃんのクッキー、売れないかしら？」

「へ？」

夕食後、先に家族の居間に移動してくつろいでいたロドリゴは、ロザリアの乱入に戸惑った様子だった。

「エルのクッキーってどれだ」

「蜂蜜を使ったものよ！」

「ああ、あれおいしいですよね」

ロドリゴの側で魔術書を読んでいたメルリノが顔を上げる。ラースとハロンはふたりでチェスのようなゲームを楽しんでいるところで、彼らもまたこちらに目を向けた。

「あれ、売れるわよ！　味見させてもらったけれど、おいしかったわ。エミーさんもとてもおいしいと言っていたわ。売りましょう、ぜひ、売りましょう。王都で」

「ロザリア様、無理」

そういえば、アルドの婚約者におすそ分けを送った時、王都の方にも送っておいたのだ。王都では入手できない菓子だから、と。

エミーって誰なのかなと思っていたら、アルドの婚約者らしい。そうか、エミーさんというのか。

「でも、無理って？」

ここまで一気にまくし立てておいて、ロザリアはこちらに向き直った。なぜ、無理と言われるのかがピンと来ていなかったらしい。

「エルとジェナで焼く。一度に作れるの、ちょっとだけ」

ある程度は騎士団員に手伝ってもらうにしても、バターを練り、他の材料と混ぜ合わせて生地を作り焼き上げる。この工程だけでかなりの大事だ。

それに、エルがひとりで使っていい加熱器具はジェナだけだし、ジェナでクッキーを大量に焼くのは限界がある。一応、側にいるジェナに目を向けてみたら、ぷるぷると震えていた。やっぱりだめっぽい。

ついでに隣でベティも震えていた。ベティは今は関係ないのに。

「でも、ミルクモーのバターに、ブラストビーの蜂蜜を使ったおいしいクッキーを、王都に出さないわけにはいかないわ」

「あー、奥方達とのお茶会、だな」

ロドリゴは領主だけあり、ロザリアが何を考えているのか瞬時に理解した様子だった。

「ええ。蜂蜜はともかく、乳製品は、王都ではなかなか手に入らないもの」

ミルクモーのミルクやそのミルクから作った乳製品は、王都でも人気だが、なかなか手に入らないというのは今まで何度も聞かされている。

「それが、クッキーになっているのよ。しかも、おいしいの。売り物にしたいと思って当然でしょう？」

「だがなー、エルにひたすら焼かせるわけにもいかんし、厨房を占領されるのも困るぞ」

と、ロドリゴは渋い顔になった。

たしかに、売り物にするとなると、ある程度の量は作らないといけないわけで、その度に厨房を甘い香りだらけにするわけにもいかない。

「なら、工場を作りましょう。工場というより、クッキー専門の厨房かしら」

「おいおいおい。そこまで大事か？」

「ええ、大事」

ロドリゴの言葉に、ロザリアはしっかりうなずいた。エルは青ざめた。

何だか、大変なことになっているらしい。

ロザリアの手を引こうとしたら、彼女はエルの顔を見た。そして、そっとエルを椅子に座らせてくれる。

「あなたは賢いから、私の言うことはある程度理解できると思うの」

「はい、ロザリア様」

エルは両膝を揃えてぴしりと座った。

ロザリアの話を聞きますよという体勢だ。エルがその姿勢になったのを見ると、ロザリアはうんとうなずいた。

「私の仕事はね、王都でいろいろな人と会って話をすることなの。我が家にとって役に立ってくれそうな人を探したり、我が家に害を与えようとする人を先に見つけ出したり」

「社交上のお付き合い、わかります」

エルはうんとうなずいた。ちゃんと知っているのだ。

ここで上手に立ち回れるか否かによって、家が今後繁栄を迎えるか没落に向かうのかが決まってしまう。

重々しい顔でうなずいたエルを見てロザリアは、口元をほころばせた。

「ちゃんとわかってくれているわね。そして、貴族の奥方とお茶会をする時必要なのは」

「おいしくて、珍しいお菓子！」

「そうそう。さすが！」

「ロザリア様、お茶会を開く。おいしいお菓子、欲しい。蜂蜜のクッキー、とてもおいしいから皆に食べさせたい。そして、もっと食べたいと思った人に売る。それを買った人、辺境伯家のことが好きになる。違う？」

「正解！」

どうやら、エルの考えはロザリアのものと一致していたようだ。

珍しい菓子をふるまえば、社交上の付き合いを円滑に進めることに繋がるらしい。

それに、辺境伯家経由でしか手に入らない菓子となれば、この家の影響力が大きく変わってくるのだろう。

貴族の奥方が夫に対してどれだけの影響力を持てるものなのかはまだよくわからないけれど。

たしかに材料は、このあたりで取れるもの。王都まで持っていくのは大変だし、王都に持って行った先で菓子に加工するとなればもっと大変だ。

ロザリアがここに厨房を作りたいというのも納得だった。

「我が家の店でしか買えないとなると、貴族の奥方の間での影響力が大きく変わるのよ」

と、ロザリアはにやり。理解した。あれだ、前世の言葉で言うなら貴族の奥方同士のマウント合戦に必要なのだ。

今現在、すでに辺境伯家には一定の影響力がある。それをさらに大きくしたいということなのだろう。

新たな騎士の派遣依頼だったり、援軍を求める時だったり、辺境伯家の影響力が大きくて困ることはない。

「クッキーなら、ミルクやバターをそのまま運ぶより日持ちするし、わが領で作れば、新しい特産品にもなるし」

辺境伯夫人ともなると、ここまで考えねばならないようだ。

「ロザリア様、エルとジェナだけだとちょっとしか作れないの。作ってくれる人、いる？」

そんなに複雑なレシピではないから、何回か練習すれば皆おいしく作れるはずだ。そもそも、素材の味がとてもいいのだから。

「うーん、城下町で働きたい人を探せばいいるんじゃないかしら？」

ロザリアの目が、ロドリゴの方に向けられる。ロドリゴは大きくうなずいた。

「働きたい者を探すことはできるだろう。引退した者から探してもいい」

「なるほど」

ロドリゴとロザリアが何を話しているのかわからない。首をかしげていたら、こちらに向き直って説明してくれた。

「年を取って騎士団から引退した者もいるからな。そういった者の中から適正者を探すというのもありだと思うんだ」

なるほどとうなずいて見たけれど、そのあたりについてはどうするのがいいのかまではわからない。この領地を治めるふたりが、うまくいきそうだというのなら任せてしまえばいい。

「ブラストビーの蜂蜜をもう少し効率よく採取する必要が出てくるな。今は欲しい時に適当に取りに行くだけだから。蜂蜜を取りつくすわけにもいかん」

「量産はしない方がいいかもしれないわね。希少価値というものもあるから」

辺境伯夫妻はすでにふたりの世界に入り込んでいる。ラースとハロンはゲームに、メルリノも読書に戻った。

「レシピ、作らないと」

レシピを覚えてもらって、あとは上手に焼けるようになるまで練習してもらわなくては。

しばらくの間は、蜂蜜クッキーがおやつに続きそうだがそれもいい。

甘いものは、何度食べてもいいものである。

城の中に使っていない部屋はいくつもある。そのうちのひとつが、クッキー専門の厨房に改造されることになった。

「ロザリア様、本当にいいの？」

「もちろんよ。我が家にとっても、悪い話ではないしね」

「そう？」

「ええ。ミルクモーのミルクも、ブラストビーの蜂蜜も、王都ではとても高級品よ。もちろん両方入手できるおうちもあるでしょうけれど」

入手できる家にしたって、ここまで大胆に使うのは難しいはず。ブラストビーの蜂蜜をこんなにじゃぶじゃぶ使える辺境伯家の方がおかしいのだ。

「ブラストビー、困らないかな？　もっと蜂蜜いる？」

「そうね。今まではたくさんもらわないとねぇ……でも、蜂蜜を取りつくすような真似はしないわ」

森の中で蜂の巣がある場所はきちんと押さえてある。それに、新たな巣ができることもある。いくつかある巣穴を順番に回り、取りつくさないようにすれば大丈夫なはず。そのあたりの計算は、メルリノが引き受けているそうだ。

「エル、お役に立てた？」

「ええ、もちろん」

よかった、と胸を撫でおろす。辺境伯家の役に立てたのならよかった。

この家の人達のことは大好きだし、この家で生きていくしかないということもちゃんと理解しているつもりだ。

だからこそ、エルは役に立たなければいけないのだ。

＊　＊　＊

ロザリアは、普段は王都で暮らしている。辺境伯家は、この国においては尊敬されるべき存在だけれど、足を引っ張ろうとする者はどこにだっている。

「あんな可愛い子を捨てるだなんて、親は何を考えているのかしら」

夫から、森で子供を拾ったと聞かされた時には何事かと思った。家で引き取ると聞いた時には驚いたけれど、女の子が増えるのならそれも悪くはないな、と思ったのだ。

だが、どうにもこうにも訳ありらしい。エルと直接顔を合わせた時理解した。彼女は、どう見ても平民ではない。貴族の娘だ。

――でも。

夫に頼まれ、エルと同じ年頃の娘を持つ貴族にそれとなくあたってみたけれど、娘が行方不明になったという話は出ていない。もしかしたら、誰かの隠し子なのかもしれない。

「それより、問題はエルちゃんの能力よね」

「精霊具を作れる者はそういないからな」

ロドリゴと同じ部屋で過ごすことのできる時間はさほど多くないから、その時間は大切に使わなくてはならない。話したいことも、話さなければならないこともたくさんある。

「使い方によっては、騎士団の戦力向上にも繋がる」

「問題はそこなのよね」

今のところ、エルの精霊具師としての能力は、フライパンと包丁に限られているらしい。だが、メルリノが言うには、エルの周囲にはたくさんの精霊がいるのだとか。

いつまた新たな料理器具が増えないとも限らない。いや、調理器具ですむのならいいけれど。

「あの娘の能力を利用しようという者達が出てきたら大変なことになるでしょう？」

「ああ、わかっている」

もし、エルの力で調理器具ではなく武器に精霊を宿らせることができたなら。騎士団の能力は大いに向上する。それは喜ばしいことではあるのだろう。それこそ、エルの力を欲しがる者は多いはず。

「でも、幼い子供に武器を作らせるなんてしたくないのよ」

「それは、俺も同じだ」

もし、あくどい貴族のところに行くことになったなら、エルはずっと武器を作らされつづけることになるかもしれない。

調理器具が無尽蔵に増えていないところを見ると、道具に宿らせるためには何らかの条件が必要なのだろう。

その条件を満たす方法を探るために、エルを使って日夜実験を繰り返すことだって考えられる。

「正式に、養女にしてしまいましょう」

「俺は、最初からそのつもりだった。娘がいるのも悪くないしな」

城で子供を保護していると聞いた時には何があったのかと思ったけれど、ロドリゴも同じ考えでいてくれるのなら安心だ。

「あなたは、武器を作らせようとは思わないの?」

ロドリゴの気持ちがどこにあるのかわかっていて、あえてそう問いかけてみる。

領地を守る辺境伯である夫は、何よりも騎士達を大事にしている。彼にとっても、ロザリアにとっても、家族同然の存在だ。攻撃力の高い武器はいくつあってもいい。

「子供をこき使ってまで作る必要はないだろ。それに、エルの意思でないとだめな気がするんだ」

「エルちゃんの意思？」

「あいつが心から宿らせたいって思わないと宿らせられない気がするんだよ。それなら、もうちょっと大人になってから、エル本人がそうしたいと思ったらやらせればいい。子供に頼らなければならないほど、うちの連中は弱いわけじゃないからな」

まだ、エルは幼い。

この地で暮らしている間に、魔物討伐にエルの力を借りることも出てくるかもしれないけれど、前線での協力を求めるのは、十歳を過ぎてからだ。ラースもメルリノもハロンもそうしてきた。

「それにしても、我が家の料理がとてもおいしくなっていたのには驚いたわ」

「それもエルのおかげだな」

たぶん、とロドリゴは続けた。エルの親は、エルの精霊具師としての力を知らなかったのだろう。知っていたら、必死に探すはず。

エルをどこからか誘拐してきたのかもしれない者達も、もう全員死亡している。彼らもエルが精霊具師だったとは知らなかっただろう。知っていれば、高値で買ってくれる相手はいくらでも見つけられるだろうから。

「やっぱり、正式に我が家で引き取るべきだな」

「ええ、それがいいわね」

精霊具師としての力が公になれば、エルを欲しがる者もきっとたくさん出てくる。

辺境伯家以上に大切にしてくれる家があれば、そちらで養育される方が幸せかもしれないが。

もう愛してしまったのだ。手放せない。

「元の家族が出てきたとしても、エルちゃんは渡せないわね」

保護された時、エルはぼろぼろで傷ついていた。長い間、ろくに食事も与えられていないのが明らかな様子でもあった。そんな家に戻すわけにはいかない。

「だろ？　王家が欲しいと言ってきてもお断りするさ」

おいしいものを作ることができるとか、精霊具師としての力に期待するとか、そんなのどうでもいいのだ。エルは愛らしいし、一目見た瞬間から愛さずにはいられなかった。

「次に王都に戻る時には、エルちゃんも一緒に連れて行っていいかしら」

「正式に養女にするためにはしかたがないな」

辺境伯家が養子を迎える時には、一度王家に連れて行って顔を合わせておく必要がある。

日頃王都で生活しているロザリアはともかく、めったに王都に出向くことのないロドリゴが出向くとなれば、ロドリゴの知己を得たいという者からの面会依頼が殺到することも予想できる。

「あー、めんどくせぇな！」

貴族らしからぬ言葉を吐き出した夫に向かって、くすりと笑う。こういうところも含めて愛していると夫に言ったらどうなるだろう。

日頃、夫と離れて暮らしている時間が長いから、こうやって直接顔を合わせることのできる時間は貴重だ。

「ねえ、あなた」

「何だ？」

「私、あなたを愛しているの」

「……そんなこと」

とっくに知っているし、疑ってもいない。そんな夫が愛おしく思うのと同時に、好きでいるのは自分だけなのかと不安な気持ちも芽生えてくる。

(ばかばかしいわね)

結婚してもう二十年近い。三人の息子にも恵まれたし、ラースなんて成人済みだ。

それでも、こんなにも夫に愛されたいと願ってしまうのだから、どうかしている。

「……俺も愛してるって、今日はもう言ったか？」

「いいえ、聞いてないわね」

ついと顔をそむければ、ロドリゴが距離を詰めてくる。超至近距離で囁かれる愛の言葉に、ロザリアはもう一度小さく笑った。

＊　＊　＊

ロザリアがこの地にとどまるのは、一週間ぐらいらしい。

（……そっかー、すぐに王都に戻っちゃうのか）

彼女が王都で果たしている役割を考えれば、ずっと領地にいるわけにもいかないのだろう。

いつもはひと月ぐらい過ごすそうだけれど、今回は早めに王都に戻るようだ。

エルは直接関わったことはないし、あくまでも想像でしかないけれど、王都ではさぞや足の引っ張り合いが行われているのだろう。

「ロザリア様、いつまでいてくれる？」

朝食を終えて、執務に向かうというロザリアにまとわりつきながらたずねたら、彼女は足を止めた。

中腰になり、両手を広げて待ち構えている。首をかしげながら近づいたら、ぱっと抱き上げられた。

「わああ」

「うふふ、エルちゃんも結構重いのね。うんうん、いいことだわ――ええと、今日は私の部屋に行きましょう」

「ロザリア様のお部屋？」

彼女の部屋に連れ込まれてしまった。

（あ、お昼ご飯……）

と、頭の片隅で思ったけれど、今日のランチは大量のサンドイッチを作る予定だった。エルが調理場にいなくても、大丈夫だ。

「こういうの着せてみたかったのよねぇ……！」

ロザリアが収納袋から引っ張り出したのは、フリルとリボンとレースが満載のドレスと言っても過言ではないワンピースである。いや、ドレスでいいか。生地もシルクが使われているようだ。

「ロザリア様、これ、綺麗ね」

「でしょー！　お友達にお願いして、お下がりを分けてもらってきたのよ！」

貴族の間でも、子供服の譲り合いというのは実は珍しい話ではない。

自分の服を着ている年下の子を見たら、自然と可愛がりたくなるものだし、母親同士の友情を周囲に見せる意味もあるのだそうだ。

使用人の子供に譲ったり、子孫に受け継がせようととっておく場合もあるため、全部が全部お下がりに回るわけでもないけれど。

「ほら、うち、女の子がいないでしょう。でも、あちらで仕立てるのでは間に合わなくてね。お友達にお願いしたら、皆、快く譲ってくれたわ」

次から次へとテーブルの上に引っ張り出されていくドレス。見た目は可愛いし、ロザリアの友人達の気持ちも嬉しいけれど、ここではそんなフリル満載のドレスを着るわけにはいかない。

「ロザリア様、エルには着れないよ？」

「いいえ、着てほしいの。あなたは賢いから、きちんと話をするわ」

とりあえず持ってきたものは全部出し終えたのか、ロザリアは真面目な顔になってエルに向き直った。

「前にも話はしたけど、もう一度真面目に話をしたいの。ロドリゴと私の本当の娘にならない？　正式に手続きをして。そりゃ、あんな兄が三人なのは嫌かもしれないけれど……」

あんな兄が三人って三人ともロドリゴとロザリアの間に生まれた息子のはずなのだが、そんな表現でいいのだろうか。

エルが首をかしげていたら、ロザリアは言葉を重ねてきた。

「ただこの家で暮らしているだけだと、この先、あなたを守れなくなるかもしれない。あなたの持っている能力は、それほど貴重なものなの」

ジェナやベティのように、物体に宿った精霊と意思を通じることができるのは、精霊と繋がる力を持っている人の中でも特殊なのだそうだ。

今は、エルの能力は調理道具に限られているけれど、もし、これが武器に精霊を宿らせることに繋がったなら。

（炎の剣とか、氷の剣とか？）

エル自身、自分の力の使い方はよくわかっていないけれど、前世での創作物を通じて知っている。たぶん、魔剣とか言われるものを作ることを求められるのだろう。

たしかにそうなれば、エルの力は貴重に違いない。エルさえいれば、魔法武器がいくらでも作れる——可能性がある——のだから。

「あなたの力を悪用するような人達にあなたを任せたくないし、あなたにはずっとここにいてほしいの」

「ずっと？」

「ええ、だって。私、あなたに一目ぼれしちゃったんだもの。私の可愛い娘がいるって……会った瞬間思ったの。どうかしら、私の娘になるのは嫌かしら？」

「……でも」

エルはためらった。

エルは何とか伯爵家の娘である——たぶん。たぶんというのは、暗い部屋に押し込められていた期間があまりにも長かったからだ。エルとしての人生の半分近く、エルの世界は狭い部屋に限られていた。

「エルの本当のお父さんとお母さんが見つかったら？」

辺境伯家に拾われた当初見ていた夢では、生みの母はもう亡くなったようだった。だが、父はまだ確実に生きている。

エルが辺境伯家で暮らしていることで、何か問題が起きたりしないだろうか。

「……渡さないわ。私とロドリゴはあなたを愛しているの。あなたが本当の娘になってくれたら、私達は嬉しい。どんな人が来たって渡さないわ。たとえ国王陛下が相手でもね」

「もし、エルのお父さんとお母さんが悪い人だったら？」

「そりゃもちろん守るわよ。あたりまえでしょう？」

そうか、ロザリアはためらうことなくそう言ってくれるのか。

「ロザリア様が、お母様。そうしたら、ロドリゴ様はお父様？」

「そうなるわね」

たしかに、三兄弟のことは「にぃに」と呼んでいるけれど、正式に彼らと家族になれるなんて。

「ロザリア様、エル、嬉しい、です。ロザリア様とロドリゴ様の子になりたい」

「あらあら」

うふふ、とロザリアは微笑んだ。

どうやら、ロザリアと本当の母子になれるらしい。エルに家族ができるのは嬉しい。

（あの人達のことは心配だけど……）

エルが正式に辺境伯家の一員になるとしたら、元の家族との間に問題が発生するかもしれない。けれど、辺境伯家の人達はエルを愛してくれている。この人達がいてくれるのなら、大丈夫だと思えた。

第七章　お兄ちゃん達は妹が大好きなようで

エルが正式に養女になると決まり、辺境伯家は大騒ぎになった。手続きをするために、エルも一度王都に行かねばならない。誰が留守番をするのかが問題である。

「俺も王都に行く！」

「僕も！」

「兄さん達ずるい！　俺だって行きたいのに！」

真っ先にラースが同行を申し出、すかさずメルリノが続き、出遅れたハロンが主張する。ロドリゴは三人を呆れたように見やった。

「……お前らな」

「だって、エルがいないんじゃつまらないし」

と、真っ先にハロンが末っ子らしく膨れた。ずっと妹が欲しかったらしく、それはもうエルを溺愛しているのだ。エルの作るスイーツから離れられないのもその理由だと思う。

「ハロにぃにと一緒？」

三人揃って王都に行くのは難しいかもしれないな、とエルは首をかしげながら考える。

三人は、辺境の守りを任されている家の息子。一家揃って辺境を離れるのはまずいかもしれない。

「いや、今回は揃って行くぞ。メルリノの成人の挨拶もあるからな」

と、ロドリゴが言ったことで、三人とも静かになった。

この国では十五で成人になるというのを、今知った。今回は、メルリノの十五のお披露目とエルの養子縁組手続きを一緒に行うそうだ。

養子縁組の手続きだけならばともかく、お披露目には家族揃って出席する必要があるから、全員行かねばならない。

「アルド、お前も来い」

「いいっすか？」

「このところよくやってるからな。王都に会いたい人もいるだろう」

ぱっと顔を輝かせたアルドに向かってロドリゴはにやり。

アルドの婚約者がこちらに来てくれるそうだけれど、それ以前に王都で顔を合わせる機会を作るらしい。部下達ひとりひとりに、きちんと目を向けているというのがそれだけでわかる。

「その間の守りは、王都からロザリアを護衛して来た騎士達を置いていく。ジャン、あとは任せたぞ」

「かしこまりました」

ジャンに騎士団長の守りを任せ、王都からロザリアを護衛してきた騎士達を守りに残すという。となると、辺境伯一家の守りがいなくなるのだが。

「ロドリゴ様、護衛いらない？」

「下手なやつらを連れていってもな。メルリノの結界魔術があれば不意打ちは避けられる」

ロドリゴの袖を引っ張ってたずねたら、彼はにやりと笑った。

普通なら護衛を連れて行くけれど、メルリノの結界魔術を上手に活用しながら迅速に移動すると護衛はなくても問題ないらしい。

「エルもしばらく馬で頼むな？」

「乗ったことないけど、頑張る、です」

むっと右腕を折り曲げて力こぶを見せる。エルのぷにぷにした腕には、力こぶなんて存在しないのだが。

「力こぶ、できてないぞ！」

「気持ちの問題だもん！」

ラースが笑い、エルは本気で反論する。頑張るという意思表示なのだから、そこで笑わなくてもいい。

「ちっちゃい身体で頑張るんだもんねー。エル、王都が近づいたら、僕の馬にも乗りましょうね」

「おい！」

むっと頬を膨らませているエルを、すかさずメルリノが抱え込んだ。

最近の彼は、結界魔術を上手に活用する方向に意識を切り替えている。もしかしたら、一番安心なのはメルリノの側なのかもしれない。

「俺も俺も！」

メルリノの腕の中にいるエルに、ハロンが頬ずりをする。きゃーっとエルが笑うのを見て、今度むくれたのはラースだった。

「お前らエルを放せ！」

「先にエルをいじめたのは兄さんだろ？」

「いじめてない！」

ハロンに本気で反論しているあたり、ラースの精神年齢はハロンと大差ないのかもしれない。

「いてて！」

ラースの耳をぴっと引っ張ったのは、ロザリアである。彼女は腕を組んで、長男を睨みつけた。

「小さな子には優しくしなさいと教えなかったかしら？」

「母上ぇ……」

いくつになっても母親には勝てないようで、ラースは情けない声をあげる。その様子に、また笑い声が広がった。

「お前ら、本当にやかましいな。話を戻すぞ。三日後の早朝出立する。時間はあとで通達するが、俺達が留守にしている間の準備を頼む」

ロドリゴがそう締めると、城内は一気に慌ただしくなった。領主一家が留守の間、間違いが起こってはならない。

エルはよく知らないが、今の時期は魔物の動きは比較的おとなしくなるらしい。メルリノの成人のお披露目をこの時期に行うのも、ちゃんと理由があってのことだった。

（……私は、することないんだけどね）

エルの旅支度はロザリアが一手に引き受けてくれるというし、防衛線の確認に赴く必要もない。皆忙しくしているから、遊びに誘うのも違うだろうし。

となると、エルはとてもとても暇になってしまうのである。いつもならハロンが遊んでくれるのだが、今日は彼も防衛線の確認に行ってしまった。立派な戦力のひとりなのである。

（おやつ、作ろうかな）

となったら、道中のおやつにパウンドケーキでも作っておこうか。同じ材料で配合を変更すれば、クッキーも作れる。

材料はたっぷりあるし、食材の管理をしているジャンに使った材料を報告すれば問題はない。

「小麦粉でしょ。卵、バター……ええと、お砂糖は節約しないとだから、蜂蜜を多めに使おう。ナッツとドライフルーツも少し入れようかな」

通りすがりの騎士を捕まえて、高い棚からナッツとドライフルーツを下ろしてもらう。

材料をテーブルの上に揃え、靴を脱いで椅子に乗る。バターを練ろうとしたところで手が止まった。

「しまった！　オーブン使えない！」

ひとりでオーブンを使ってはいけないのである。

ジェナの方にちらっと目をやる。パウンド型に入れて焼くのではなく、パンケーキみたいにフライパンに生地を流して焼いてもいけるだろうか。

「ジェナ、できる？」

念のためにたずねてみたら、ジェナはぱたぱたと左右に揺れた。

分厚いパンケーキも上手に焼けるから、たぶん、パウンドケーキの生地もいけるだろう。火が通ってしまえば問題ない。お腹に入れれば一緒である。

「お、エル。何作ってるんだ？」

と、覗き込んできたのはラースだ。もう帰ってきたらしい。

「王都に持ってくおやつ作ってた」

「……いいな、それ」

手を伸ばしてきたラースは、計量を終えたばかりのバターをボウルに放り込んだ。彼とも何度もお菓子作りはしているから、もう基本の手順は飲み込んでいる。

「混ぜるんだろ?」

「やってくれる?」

「任せとけ！　俺が一番力持ちだからな！」

ラースはもう一人前の騎士だ。エルが見ている前で、あっという間にバターをクリームっぽくなるまで練ってくれた。そこに砂糖と蜂蜜を追加して混ぜ、溶き卵、小麦粉と続けて入れる。

パウンドケーキの生地を作るのには、溶かしバターを使う方法もあるが、ひとつのボウルで混ぜれば洗い物が少なくてすむので、エルはいつもこのやり方で作っている。

と、ラースはここでオーブンを予熱していないのに気づいたらしい。

「オーブン予熱しなくていいのか?」

「ジェナが焼いてくれるです」

ラースが来たのだから、ジェナに頼まないでオーブンを使ってもよかったな、と今さらになって気づく。

だが、ジェナが張り切って魔道コンロに上がっているし、今日はジェナに任せておこう。

ジェナが合図したところで、バターを少量投入。そして溶かす。

「んん、いい香りがしますねぇ……ラスにぃに」

エルは鼻をひくひくとさせた。溶けたバターの香りは、幸せの象徴だ。おいしいものができるだろうとそわそわしてしまう。

隣でラースも鼻をひくひくとさせている。こうしてみると、十七という年齢より、少し幼く見える。

生地を流し入れたら、蓋をして、あとはジェナにお任せだ。弱火でじっくりじっくり火を通す。表面が乾いてきたら、ひっくり返して両面焼く。これもジェナの合図で完璧だ。

甘い香りが漂ってきて、ふたり揃ってまた鼻をひくひくさせる。味見と称して、ひと切れ先に切ってしまおうか。

「なあ。一個じゃ足りない気がするんだ。絶対父上も母上も欲しがるぞ」

「……作っちゃう？」

「作っちゃおう」

エルとラースは、顔を見合わせてにやり。パウンドケーキはそんなに難しいお菓子ではない。手を貸してくれる人さえいれば、いくつでも焼けるのだ。

「二個でも足りないかもな。三つ、いや、四ついっとくか？」

新たに材料をはかりながら、ラースが唸った。

「四つ作っちゃう？」

「いっとくか！　使った分の材料は、俺がジャンに報告しておいてやるよ」

ドライフルーツとナッツのパウンドケーキの次は、紅茶入りのパウンドケーキ。茶葉の香りがいいアクセントになる。

それから、刻んだチョコレートを入れたもの、柑橘類の皮で作った柑橘ピールを混ぜこんだものとどんどん生地を仕込む。

さすがに数が多いので、ラースがオーブンを温める。

「ジェナ、ありがとうね」

最初の一個を焼いてくれたジェナにお礼を言ったら、嬉しそうにぱたぱたした。

「ベティも」

まな板の上にいるベティは、チョコレートや柑橘ピールを細かく刻んでくれた。ベティも大活躍である。

「幸せの匂いがするなー。俺、エルが妹になってくれて本当によかったと思うんだ」

「ラスにぃにの妹になれて、エルも嬉しいですよ」

オーブンから漂ってくる甘い香りを嗅ぎながら、顔を見合わせてくすくすと笑う。

（……きっと、こういうのが幸せなんだろうな）

本当の親には捨てられてしまったけれど、ここには実の家族以上の愛情を注いでくれる人達がいる。

これから先、パウンドケーキを焼く度に、今日のことを思い出すのかもしれない。

＊　＊　＊

ロドリゴの宣言通り、出発の日は早朝に起き出すことになった。

「眠い……」

「悪いな。しばらくは馬車は使わない方が速い。俺に掴まっとけ」

「あい」

目をこすりながら、「はい」と返事をしたつもりが「あい」になっていた。子供か。子供だった。

エルはまだ乗馬は習っていないから、ロドリゴの前に乗せてもらう。しっかりとロドリゴと身体を結ばれて、エルは膨れっ面になった。

「エル落ちないよ！」

「こうしておいたら、寝てしまっても安心だからな。俺の馬が一番安定しているんだ、我慢してくれ」

「ロドリゴ様がそう言うなら、我慢する」

実際、いつも以上に早起きをしているので、まだ眠くてしかたない。馬の上で眠り込んで、落ちてしまったらシャレにならない。

ひとりで馬に乗れるわけでもないし、おとなしくロドリゴの言う通りにしておこう。

「馬に慣れたら、俺とも乗ろうな！」

「僕が先ですよ、兄上」

「俺も俺も！　順番！」

一緒に馬で行く三兄弟は相変わらずだ。もう少しエルが乗馬に慣れて、ロドリゴ以外の人と同乗しても問題なくなったら、誰の馬に乗るかで今以上の大騒ぎになりそうだ。

「じゃあ、行ってくるわね！」

「行ってらっしゃいませ！」

機嫌のいいロザリアの声が出発の合図となった。

先頭を行くのはアルドとラース。真ん中をエルを乗せたロドリゴとロザリアが行き、最後尾をメルリノとハロンが固める。

（本当にこれで大丈夫なのかな……？）

ロドリゴの馬は大きく、しっかり括りつけられているから万が一寝ぼけてしまっても大丈夫。でも、護衛といえるのがアルドひとりで大丈夫なんだろうか。

（……大丈夫だな）

うとうとしながら一瞬不安になったけど、それはほんの一瞬のこと。次の瞬間には、エルは自分の考えを改めた。

騎士団で一番強いのはロドリゴだし、ラースも攻撃力ならかなりのもの。守りの面ではメルリノは若さに似合わず第一人者だという話だし、ハロンは兄達の長所を少しずつ受け継いでいる。

下手に護衛をつけるよりも、この一家だけの方が安全かもしれない。あまり人数が増えると、盗賊に目をつけられると聞いたことがある。

「ふわぁ」

「寝ておけ。絶対に落とさないから大丈夫だ」

「ロドリゴ様、信じてるから平気よ……？」

ロドリゴのお腹に背中を預けるようにして、エルはつぶやいた。

思えば、この領地に来た時には、縛られ、荷馬車の荷台に転がされていた。周囲の景色を眺める余裕もなかったし、意識を失ったり覚醒したりを繰り返していた。

危ないから、蜂蜜を取りに行く時以外、城下町から出ないようにと言い含められているし、こうやって町の外の景色を見られるのは新鮮な気分だ。

「そうだなー、そろそろお父様って呼んでみてくれないか？」

ロドリゴの方に完全に体重を預けて油断していたら、思いがけない方向から不意打ちされた。

お父様……お父様って、いいんだろうか。

「ロザリア様、いい？」

「やーよ、私のこともお母様って呼んでくれないと！　そうよ、正式に養女になるんだもの。いいわよね、もうお母様でいいわ！」

そういえば、三兄弟は父上、母上と呼んでいる。お父様お母様呼びされたいという願望があったのかもしれない。

「……お父様、お母様」

頭をふわふわとさせたまま、素直に呼んでみる。

胸がぽかぽかとしてきて、自分でも驚いた。今まで、ロドリゴやロザリアのことは大好きだったし、家族に限りなく近い位置にいると思っていた。

だが、現実にお父様、お母様と呼べるとなるとますますふわふわしてきてしまう。

「いいわ、いいわ……！　王都に行ったら自慢しなくちゃ！」

「ロザリア、連れ回すのはほどほどにしておけよ」

「わかってるわよ。我が家にとって大切な人に招待された時だけにするわ！　こんな可愛い子、連れて歩いて誘拐されてしまったら大変だもの」

ロザリアは大真面目だが、そこまでだろうか。

けれど、心配されるのは悪い気はしなくて、やっぱりふわふわとした気持ちになってしまうのだった。

最初の一日でエルは痛感した。辺境伯領から王都に行くのは大変だ。

舗装されていない道は、凸凹していた。ロドリゴが支えてくれるし、最初のうちは眠気に負けて眠り込んでいたけれど、起きてからは大変だった。

馬の背中は揺れる、揺れる。ものすごく揺れる。

「こんなに飛ばすと思ってなかった……」

初日の宿に入ったところで、エルはぼやいた。こんなに身体がバキバキになるまで飛ばすなんて。その様子を見たラースが笑った。

「これでも、いつもよりゆっくりなんだぜ？　エルはまだ小さいから、俺達と同じペースで行けないもんな」

「小さくないもん」

反論したけれど、自分でも説得力がないなと思う。

何より困ったのは、お尻や腿がひりひりしていることであった。今まで馬に乗ったことがなかったので、刺激で擦れてしまったらしい。明日になったら、お尻の皮がなくなってしまうかも。

「お母様、痛い」

ロザリアなら、薬を持っていないかとたずねてみる。お母様、と呼んだ時には、やはりほわほわとしてしまった。すぐにお尻の痛さに引き戻されたけれど。

「はいはい、回復魔術をかけておきましょうね」

「回復魔術？」

なんと、ロザリアの特技は回復魔術なのだそうだ。

とはいっても、専門家ほどの腕ではないらしいが、使える者がいるのといないのとでは、魔物討伐の時の負担が大いに変わってくる。

ロザリアが王都で生活している今、辺境伯家で回復魔術が使えるのは、メルリノともうひとりだけらしい。

回復魔術を使うのが、メルリノではなくロザリアでよかったとちょっぴり思う。何しろ、患部を出さねばならない。いくら幼女とはいえ、ロドリゴや三兄弟の前でお尻丸出しになるのはちょっと……である。

「だいぶ慣れてきた？」

「わかんない。でも、お母様とも乗りたいな」

「あらあら」

治療を終え、ロザリアとそんな会話を交わしていたら、メルリノがやってきてひょいとエルを抱え上げた。

「メルにぃに、エルは自分で歩けます」

「知ってるけど、エルが不足しているんですよ……」

きゅうっとメルリノに抱きしめられて、頬ずりされる。

正式に養女になると決まってから、三兄弟のスキンシップがますます激しくなったような。

愛されていると考えれば、悪いことでもないのだろうけれど。

「あ、メルリノ兄さんずるい！　俺も俺も！」

メルリノの腕の中から、ハロンの腕へ移動させられる、かと思えばラースの腕の中。

兄って、妹に対してこんなにべたべたするものだっけ？　という疑問は浮かんだけれど、この三人の前では何をやっても無意味だとエルは考えるのをあっさり放棄した。


あれだけ焼いたパウンドケーキは道中で食べつくし、王都に入ったのは、馬車に乗り換えてから三日目のことだった。

「うわあ、すごい」

ドレスに着替えたロザリアと、ロザリアが友人から譲ってもらったという子供用のドレスを着せられたエルは馬車の中。あとの皆は、馬に乗って進んでいる。

いくら辺境伯夫人であるロザリアが強く、乗馬の腕が巧みであったとしても、女性が領地から王都に入る時は、綺麗なドレスを来て馬車に乗った方がいいらしい。

王都の入口で、辺境伯家の馬車であることを確認されると、スムーズに中まで入ることができた。

そして、エルは窓にべったりと張りついて、外の光景を眺めている。

前世はともかく、生まれ変わってから、こんなにもたくさんの人が歩いているのを見たことはなかった。

道は馬車や馬の通る場所と、歩行者が歩く場所が明確に分けられている。前世でいうところの車道と歩道だ。

そして、たくさんの店がずらりと並んでいる。全部石造りの似たような建物なのは、前国王の代にすべて建て替えられ、町の景観を統一した結果だそうだ。

「お母様、あれはなあに」

「あれは、お肉を売っている店よ。魔物の肉も扱っているみたい」

店先に茶色の塊がぶら下がっていると思ったら、肉を商っている店だった。ぶら下がっているのは、魔物の肉らしい。

「あれね、辺境伯領で売っているお肉の十倍ぐらいのお値段なのよ！」

「十倍？　王都で一個買うお値段で、辺境伯領なら骨付き肉が十個買える？」

「ええ。魔物の肉って、ここまで運ぶのが大変なのよね」

王都の近辺にも魔物が出没しないわけではないのだが、食用になる魔物の数は少ないらしい。その分、魔物の肉は王都では高級食材扱いなのだ。

辺境伯領で鶏代わりに食べられているフェザードランなんて、王都に来たら二十倍の価格がつくこともあるという。そんな高級肉、誰が買うのだと思ったら貴族だとか有力な商人とかが買っていくそうだ。

「辺境伯領にはいっぱいあるから、つい忘れてしまうのよね。こちらでは高級な食材だってこと」

と、ロザリアは頬に手を当てた。

なお、しばしばシチューの材料にされるハッピーバニーの肉は、王都では十五倍だそうだ。煮込みにするといいとやはり人気らしい。

「あれはね、ミルクモーのミルクや、ブラストビーの蜂蜜を売っているお店」

今通り過ぎた店は、魔物由来の食材を商っている店だとロザリアは教えてくれる。品のいい小さな店に、若い女性が入っていくのが見えた。

「主にお菓子を作るのに買う人が多いわね。ブラストビーの蜂蜜は、辺境伯領の三十倍」

蜂蜜はともかく、バターやミルクは日持ちしない。料理に使うだけの量をぽんと購入できるのは、資産家だけだという。だが、茶会で提供する茶菓子を作るには最高の材料となるそうで、それでも欲しいという人があとを絶たないのだとか。

(三十倍……！)

それにしたって、どこまで高騰するというのだ。お金持ちの食にかける執念が恐ろしい。

「辺境伯領でお菓子に加工してから持ってくるってなぜか考えていなかったのよねぇ……」

と、ロザリアは道の両脇に並ぶ店を見ながら口にした。

辺境伯領に来たがる菓子職人もそういないだろうし、そもそも自分達で甘いものを作ろうなんて発想にならなかったのだろう。料理だけで手いっぱいだったから。

「エル。これから、あなたには大きな注目が集まることになるかもしれない。でも、私達はあなたを守るから安心して」

「はい、お母様」

言われているのは厳しいことのはずなのに、ロザリアを見ていると大丈夫だという気になってくるから不思議なものだ。


王都の屋敷は、辺境伯領の城とは違い、優美な作りのものだった。もともとは、ロザリアの実家が持っていた建物だそうだ。

白く優美な建物に、赤い屋根。窓の枠には金の塗料が塗られ、遠くからでも輝いている。玄関の扉には、精緻な彫刻が施されていた。

庭園も、前世なら公園と思ってしまうほどの広さがある。王都にこれだけの屋敷を持つことができるなんて、辺境伯家はエルが思っていた以上に裕福なのかもしれない。

エルに与えられたのは、辺境伯夫婦の隣の真上にあたる部屋だった。ここは、もともと子供部屋として使われていた部屋なのだとか。

三兄弟が幼い頃は、ここで三人で遊ぶこともあったらしいが、今はエルの部屋。いつ指示を出したのか、エルが使いやすいように改造されていた。

部屋の家具は、皆、背が低いもの。天蓋付きで、ずっしりとしたカーテンに囲まれているベッドは、小さな子供用のものだ。

それに勉強用の机も、テーブルも、子供の大きさに合わせてある。どれも淡い色合いで統一されていて、お嬢様の部屋という雰囲気がぴったりだった。

（きっと、ラスにぃには、ふたりの面倒を一生懸命見ていたんだろうな）

ラースが弟達の面倒を見ていた様子を想像すると、ほっこりしてしまう。

もちろん着いた日はぐっすりと眠り、翌朝は元気に活動開始である。

「あれれれ！」

朝起きた瞬間、思ってもみなかった光景に出くわし、エルは思わず大声をあげてしまった。

「どうした？」

「問題発生ですか？」

両隣の部屋にいたラースとメルリノが飛び込んでくる。ふたりに遅れること三十秒、メルリノの隣室にいたハロンもやってきた。三人とも、部屋に入ったところで立ち止まる。

「来ちゃった」

エルの目の前にいるのは、ジェナとベティである。

調理道具を王都まで持っていく必要はないだろうと、辺境伯家の厨房に置いてきたはずだった。何で、ここまで来ちゃったんだろう。

「お留守番できなかったの？」

ベッドの上でぴょんぴょんと跳ねているジェナに問いかけてみるが、当然返事はない。

ふわりとベッドに降りたベティは、そのまま敷布の上をずずっと滑ってエルの膝に乗り上げた。

やっていることだけ見れば、可愛いペットと言えなくもなさそうだが、包丁である。いくら鞘に入っているとはいえ、ベッドに包丁は普通持ち込まない。

「やっぱり、エルの側にいたいんでしょうね。でも、目立ちますからね……一緒に出かけるなら、鞄《かばん》の中にいないとだめですよ？」

メルリノは、ジェナとベティに真面目に言い聞かせている。それは正直、どうかと思うのだが、エル以外の人が言っていることも理解している節はあるからまあ問題ないのかもしれない。

「そうか、鞄か。ベティはともかく、ジェナが入る鞄は探さないとだな」

ラースの言葉に、ジェナもベティも素直に従っているようである。

こんなところでも、お兄ちゃん精神というものは発揮されるのだなとエルは奇妙な感想を抱いた。

「そんなことより、朝食！　終わったら、城下町を見学に行こうぜ！」

三兄弟も、王都を訪れるのは久しぶりなのだそうだ。それで、今日一日は自由時間ということになっている。ロドリゴとロザリアも一緒に来てくれるので、辺境伯家全員でのお出かけだ。

ラースが柔らかな革の鞄をどこかから探してきて、その中にジェナとベティを入れる。ふたりともやればできる子である。

鞄はそれなりの大きさがあるけれど、上からぴょこんとフライパンの柄がはみ出ている。これをひっこめることはできなくて、諦めた。

「まずは、下町の様子を見に行きましょうね。見たことのない食材が出ているかもしれないし」

ロザリアは、何かを期待しているらしい。

（たしかに、前世で見た食べ物もこっちにあったし……辺境伯領では手に入らない食材で、前世で見たものがこっちにもあるかも）

魔族経由とはいえ、醤油や味噌も入手できるとは思ってもいなかった。どんな食材があるのかを見に行くのは、きっと楽しいだろう。

屋敷を出る前、一番揉めたのは誰がエルと手を繋ぐかという点だった。皆、エルと手を繋ぎたいと大騒ぎ。ロドリゴやロザリアまで騒いでいるのだから笑ってしまう。

「最初は、ハロにぃに！」

と、エルが宣言して、決着がついた。

選ばれなかった兄ふたりは、肩を落としている。順番に繋げばいいのに。愛されていると思うのは、ちょっとうぬぼれすぎだろうか。

「お母様、今日は市場に行くのね？」

「ええ。おいしいものをたくさん探しましょうね」

ハロンと手を繋いで歩いていたはずが、いつの間にかもう片方の手はロザリアに握られていた。ずるいというような声も聞こえたけれど、誰もロザリアには逆らえない。母は強いのだ。

市場には、今まで見たこともないような品がたくさん並んでいた。五歳の女の子を連れてくるのに、食材が並ぶ市場というのは珍しいかもしれない。

けれど、エルにとって何が一番楽しいのかを、辺境伯家の皆はちゃんとわかっている。

辺境伯領では手に入らないドライフルーツやナッツ等を買ってもらい、ロドリゴに持ってもらう。

それから、前世でいうところの小豆、大豆、ひよこ豆も発見した。ひよこ豆は日本ではどちらかと言えば珍しい食材だったと思う。近所のスーパーでは売っていなくて、輸入食品を扱っているような店でしか買えなかったから。

だが、すぐに柔らかくなるし栄養豊富だしで、騎士達にはぴったりの食材なのだ。スープに放り込めば、スープのかさ増しもできる。

「お菓子もたくさん作ろうねぇ……」

たぶん、魔族の行商人に頼めば、和菓子の材料も入手できそうだ。今度会ったら、小豆を納品できないか聞いてみよう。

「お菓子か！　いいな！」

エルと手を握っているハロンの機嫌がよくなる。彼は一番の甘党だ。

ラースやメルリノが、ハロンに張り合って自分も食べたいと主張してくるのも楽しい。

ロドリゴとロザリアの辺境伯夫妻は、子供達がわいわい楽しんでいるのを、目を細めて見つめていた。

（……いいな、こういうの）

前世では、家族で過ごした時間は少なかった。父のことを愛していなかったわけではないけれど、いつも心のどこかが満たされずにいた。

暗いところに押し込められ、存在すら認めてもらえなかった今回の人生では、家族という存在さえ知らなかった。

辺境伯家の人達と出会うことができて、幸せなのだと改めて強く実感する。

「お昼ご飯はねえ、おいしいお店を予約しておいたのよ！　さあ、行くわよ」

お腹が空いたな、と思い始めた頃、ロザリアがエルの手を引いた。市場見学で時間をくうとわかっていたようで、店はもう決めていたみたいだ。

市場から通りを二本、離れたところにある小さな店に入る。店は小さくとも、高級店のようだ。店内はすべて個室。分厚い扉に阻まれ、個室内の音が外に漏れることはない。

六人がテーブルにつくと、すぐに料理が運ばれてきた。スープ、前菜、それからメインの料理。

「エルのご飯もおいしいけれど、たまには外で食べるのも悪くないでしょう？」

「はい、お母様！」

ロザリアに見つめられ、エルはパンをちぎりながら笑みを浮かべた。辺境伯領では、エルは料理人である。実際に手を動かすのはエルではなく料理当番だったとしても、最終的に味を決めるのはエル。どうしても、エルの味になってしまうのである。

他の人が調理した料理を食べるのは久しぶり。それに、この店は王都の中でも高級店のようだ。様々な香辛料が惜しみなく使われていて、香りがいい。

「おいしいー！　です！」

「私は、エルのお料理がおいしいと思うわ。王都の料理人にもレシピを渡してもらえるかしら？」

「もちろん！」

足をぶらぶらさせながら、いい返事。王都の屋敷でもおいしいものが食べられると、三兄弟が歓声をあげる。

レシピを渡すだけではわからないかもしれないから、一度、目の前で料理実習もした方がいいかもしれない。

「こら、お前達声は抑えろ。今のは外に漏れたかもしれないぞ」

と、ロドリゴが注意を促したけれど、彼の目も笑っているから、見逃してもらえたようだ。

昼食を終えてから、貴族街の方へと足を向ける。貴族街では、貴族しか買い物をすることは許されていないらしい。

たいていは、屋敷に出入りの商人を来させ、注文するというのが貴族の買い物の仕組みなのだが、ここ何年かの間にこうして店を構える者も出てきたそうだ。

（王様とかも、お忍びで買い物に来るのかな……）

馬車は、適当に停めておいて、ぶらぶらとするのが王都にやってきた貴族の間で最近はやっているというのも合わせて教えてもらった。

たしかに日頃は領地で暮らし、特別な時だけ王都に出てくる貴族もいるから、こうやって街中を観光するのも楽しいかも。

今日は天気がいいからか、連れだった人達がゆったりとした足取りで歩いている。

（平民の人が多い場所と比べると、歩いている人はゆっくりかなぁ……）

と、気づいてしまった。

たぶん、平民街で行き会った人達は、目的があって急いでいた。貴族達は、特に目的がないか、用件をすませて街歩きを楽しんでいるのだろう。

貴族街というだけあり、道も丁寧に掃除されていた。ごみなど落ちておらず、道も舗装されていて、安心して歩くことができる。

向こうからも、仲のよさそうな三人家族が歩いてくるのが見えた。三人とも金髪だ。中年の男女と、エルと同じ年ぐらいの女の子。

辺境伯領には、エルと同じぐらいの年齢の女の子はいないから、つい、エルの目がそちらに向いた。女の子の友達も欲しい。

「――え？」

だけど、女の子の顔を見たとたん、気づいてしまった。あの女の子、見覚えがある。見覚えがあるというより、エルが暮らしていた場所にあの子もいた。

（……何だっけ）

もう、家名を思い出すこともできない。一度たりとも、エルを家族とは認めてくれなかった人達。

「……あ」

じっと見ていたので、視線を感じたのかもしれない。女の子と真正面から視線が交錯する。

エルは慌てて下に目を向けた。

（嫌な予感がするの）

そして、その嫌な予感は次の瞬間的中した。

「エルレイン……？」

すれ違った男性が、思わずと言った様子で口にした。『エルレイン』と、名前を呼ばれた瞬間、頭の中に、生まれてからのことが次から次へと流れ込んでくる。

母とのわずかな思い出。母が亡くなった直後現れた新しい母と妹。

家族からはじき出されたような気がして不安だった日々――そして、エルの周囲で不可思議な現象が起き、『呪われた子』と呼ばれたこと。

「あ……あぁ……」

子供のものと思えない、しわがれた声が口から漏れた。

二番目にエルと手を繋ぐ権利を得たメルリノの手に縋りつく。自分でもみっともないぐらいにエルの手はカタカタと震えていた。

「エスパテーラ伯爵、お元気でしたかな？」

ロドリゴが、にこやかな顔を作って声をかけた。エルの手の震えは、ますます激しくなってくる。嫌な感じのする汗が、次から次へと流れ落ちた。

辺境伯と実の父の間に、親交があるなんてまったく考えていなかった。

（……そうだ、だから）

だから王都に来たくなかったのだ。辺境伯領の暮らしが、あまりにも幸せだったからすっかり忘れていた。

大人同士の挨拶が終わったのか、すぐにロドリゴはこちらに戻ってくる。

「エル、どうしたの？　具合悪い？」

「メルにぃに、違うの」

具合が悪いわけではないのだ。貴族街の散策だって、楽しみにしていた。なのに、それなのに――。

「今日のところは、いったん屋敷に戻ろうか」

エスパテーラ伯爵家族と別れても、がたがたと震えているエルを気遣い、ロドリゴはそう口にした。

「なぜ、あいつが辺境伯と一緒にいるんだ？」

別れ際に、エスパテーラ伯爵がそうつぶやくのが聞こえた。エルは必死に聞こえなかったふりを装う。

（どうしよう、思い出しちゃった……）

このまま、養女になることはできない。だって、思い出してしまった。

自分が伯爵家の人間であることを。そして、伯爵家でどんな扱いを受けていたのかも、全部。

（もう、だめかも……）

あの人と再会してしまった。もう辺境伯領にはいられないかもしれない。

屋敷に戻るなり、ロザリアはエルを膝の上に抱き上げた。

「大丈夫よ、怖いことは何もないから」

「……お母様」

そう呼んでしまっていいのだろうか。伯爵家の娘であったことを思い出してしまった。もしかしたら、辺境伯家に迷惑をかけることになってしまうかもしれない。

「お医者様を呼びましょうか。それとも、一緒にお昼寝をする？」

ロザリアの腕の中は温かい。だけど、この温かさに甘えていてもいいのだろうか。このまま辺境伯家にいたら、彼らをトラブルに巻き込みかねない。

「……思い出したの。エル、どこの子か思い出した」

小刻みに首を振りながら、エルは、彼女の胸にぐったりと身体を預けて口を開いた。

「たぶん、さっきの人はお父さん。でも、エルのことは嫌いだったの」

エルの身体に、ロザリアの腕が巻きつけられる。

三兄弟は、エルの前に腰を下ろした。床の上に直接座り込んで、膝を抱える。体育座りみたいだなと何の脈絡もなく思った。

「エルのことが嫌いってひどくないか？」

「でも、嫌いだったの。エルの周りで、危ないことが起こったから」

魔力がないとして、家庭の中で冷遇されていた。

そして、ある日、エルの周囲で不思議なことが起こり始めた。勝手に開いたり閉じたり、風もないのにひらひらとするカーテン。

飛び回る食器に、ガタガタと動き回る家具。呪われている子だと、エルはひとり放っておかれることになった。

「——それから？」

こわごわとした様子で、ラースが問いかける。エルは、ロザリアの胸に顔を埋めた。

あの時のことは、思い出したくもない。

「……知らないおじさんにおうちから連れていかれたの。『しまつしろ』って言ってた」

ずっと縛られ、荷馬車に転がされ、いつ殺されるのかとずっとそわそわしていた。

縄で手足を戒められたまま、地面に放り出され、そしてそのまま取り残された。

（もうだめだと思った）

あの時、しゅるりと縄は勝手に解け、そして、誰かの声が耳の側で聞こえたような気がした。

導かれるままに歩いて——。

「……つまり、エルを誰かに殺させようとしたんだな」

エルは首を振る。わからなかった。

エルを実の家族が殺そうとしたのかなんて、考えたくなかった。

愛されていないのはわかっていたけれど、殺そうとしたなんて考えたくなかった。

「……何てこと！」

ロザリアはエルをしっかりと抱きしめた。彼女の手も震えている。

（やっぱり……）

ロザリアにとっても、エルの話はきっと迷惑だったのだ。伯爵家との間に、余計な軋轢《あつれき》を生むのはよろしくない。

「まったく、何てことだ——とりあえず、エルは余計な心配はしなくていい」

ロザリアの胸から、ロドリゴの腕の中に移動させられる。かと思えば、彼はひょいとエルを高いところまで持ち上げた。

「エルは俺達の子だ。だから、どこにもやらないからな」

本当に、どこにも行かなくていいだろうか。ずっと、辺境伯家にいても、叱られないだろうか。

「父上。エスパテーラ伯爵家を許すつもりですか？」

と、ラースが立ち上がった。彼の目には、怒りの色が満ちている。

「僕に何かできますか？　いっそ、今から焼き討ち——いや、焼き討ちでも生ぬるい？」

「落ち着け、メルリノ」

普段はおとなしいメルリノが焼き討ちだなんて言い出すのはめったにない。ロドリゴも、さすがに苦笑した。

「今すぐ領地に帰ろう父上！　それなら、エルを連れていかれないですむでしょう？」

ハロンにいたっては、早くも領地にエルを隠すことを考えているらしい。

辺境伯家にいるのはもう知られているのだから、領地に逃げたところできっとすぐに連れ戻されるだろうに。

エルを抱き上げたままのロドリゴは片方の手をハロンの頭に置いた。

「逃げなくても問題ない。エルのことは、俺に任せておけ――許すはず、ないだろう?」

「……私の方でも、根回しはしておかないとね」

不意にロザリアが怖い顔になる。彼女のこんな顔を見るのは初めてだった。

＊　＊　＊

今日の出来事は、エルにはあまりにも刺激が強かっただろう。あんなにもエルが脅えているのを見るのは初めてだった。

とりあえずエルはロザリアと共に、一度寝室に行くことになった。子供には昼寝が必要なのだ。

「どうするんですか、父上。俺は、エスパテーラ伯爵家を許すつもりはありませんよ」

ラースが怒りの色を見せている。先ほどはエルの前だったから、一応自重していたらしい。まったく自重できていなかったのは口にしないでやろう。

「僕もすぐに動けますよ。誰も伯爵家に出入りできないよう結界を張りますか」

「落ち着けメルリノ。ロザリアが根回しをすると言っただろう」

ロザリアが普段王都で生活しているのは、こういう時のためだ。あの時、傷ついていたエルの姿を、辺境伯家の者達は全員忘れていない。

「母上は、何をするつもりなんですか？」

ハロンはまだ、このあたりの貴族のやり取りについては知らない。まだ、見せるのは早いのではないかとも考えていたのだが、いい教材が見つかったと思うべきだろうか。

「なーに、貴族の戦い方っていうのを見せてやるだけさ。なあ、お前達、エルが大切なんだろう？」

そう問いかけたら、三人とも当たり前だというようにうなずく。

ロザリアはロザリアで動くだろうし、ロドリゴはロドリゴで別の方面から攻めてやろう。子供達にも、貴族ならではの戦い方を教えるいい機会かもしれない。

「伯爵家は、エルの力のことは知らなかったんでしょうか？」

「精霊具師としての力のことだろ。わかっていれば、エルを手放さなかったんだろうがな」

エルが精霊具師としての力を持っていることが知られたら大変だ。エルを閉じ込め、延々と武器を作らせ続けるかもしれない。

ふとテーブルを見たら、そこに場違いなものが転がっていた。フライパンと包丁である。

「お前達も、エルを守りたいだろ？　なら、協力しろ」

どうせロドリゴの言葉は通じないのだろうと思いながらも、そう声をかけてみる。すると、ぷるぷると震えた精霊具は、開いていた窓から飛び出していった。

「あいつら、どこに行ったんだ？」

思わず窓に駆け寄り、精霊具達の行方を追う。ロザリアがエルを連れて行った部屋の窓から中に飛び込むのを見て胸を撫でおろした。エルの護衛のつもりなのだろう。

第八章　転生幼女、辺境伯家の愛娘になりました！

辺境伯家による貴族の戦いがスタートした。

とはいっても、エルはロザリアに連れ回されているだけ。ロザリアは、辺境伯の屋敷で開く茶会や食事会だけではなく、様々な場所にエルを連れ出した。

今日エルが連れてこられたのは、ロザリアと親交のある伯爵家である。身に着けているのは、今まで袖を通したことのないピンクのドレスだった。

フリルとレースがたくさん使われている可愛らしいデザインで、エルによく似合っている。

今日の茶会は、庭園が会場だそうだ。

咲き乱れている花の中でも、特に薔薇《ばら》が目立っている。様々な色の薔薇が作り上げる彩りは、まるで絵画のように華やか。ここが貴族の屋敷なのだと如実に告げてくる。

会場となっている場所には、白いテーブルと優美な椅子が用意されていた。銀のティーセットがまぶしいテーブルには、可愛らしく造形された茶菓子が並べられている。

そして、多数の女性が集まっていた。皆、鮮やかなドレスに身を包み、エルの方に好奇に満ちた目を向けている。その側には、エルと年の近い子供達もいた。

「家の養女にしようと思っているの。エルよ。エル、伯爵夫人にご挨拶できるかしら？」

「エルです。よろしくお願いします」

ロザリアに目線で促され、事前に教わっていた通り、スカートをつまみ、膝を後ろに引いてご挨拶。その様子を見ていたご婦人達は、揃って目を細めた。

「まあ、可愛い」

エルを見た貴族女性の反応は、「可愛い」が大半だ。

実際、容姿は悪くないとエルの中にいる前世の自分が評している。

もともと愛らしい顔立ちをしている上に、辺境伯家でものすごく可愛がられ、愛されることを覚えたのが表情にも表れている。

おまけに毎回、ロザリアが張りきって着飾っているのだから、可愛く見えない方がどうかしている。

「あら、これはうちの娘のドレスね」

と、エルの着ているドレスに目を留めたのは、今日の主催者である伯爵夫人だった。

ロザリアがこっそり教えてくれたところによると、お下がりをいただいた家にいただいたドレスを着ていくということは、「あなたと親しくなりたいです」という意思表示なのだとか。

貴族の家で子供の間でお下がりを譲るのは、子供達の仲がいいか、これから仲良くしたい家に限られている。こうして、子供の頃から付き合いを深めていくらしい。

「似合うと思ったのよ。イレネ嬢、どうかしら?」

ロザリアの目が向けられた先にいるのは、エルより数歳上と思われる女の子だった。黒い髪にぱっちりとした黒い目。可愛らしい顔立ちをしている。

「とてもお似合いです。エル嬢、私と遊んでくださる？」

手を差し出し、首をかしげている様も可愛らしい。エルは、首を捻って背後にいるロザリアを見上げた。

「一緒に行ってもいいですか？」

「いってらっしゃい」

優しく目元をほころばせて言うので、こくりとうなずいて返す。そして、イレネの方に向き直ってぺこりと頭を下げた。

「エルです！　どうぞ、よろしく、お願いします」

「可愛い！」

時々、保護された当時のようなたどたどしいしゃべり方になってしまう。

けれど、それも他の人達の目には可愛らしく映るようだった。

手を引いてエルをその場から連れ出したイレネは、子供用のテーブルでエルにお茶とお菓子を出してくれた。

「エル嬢は、どのお菓子が好き？」

「甘いものは何でも好き！」

「それなら、このクッキーをあげるわ」

ありがたくお菓子の皿を受け取りながらも、エルの耳は大人のテーブルで繰り広げられている会話に釘付けである。

「でも、エスパテーラ伯爵家のお嬢さんって……」

「亡くなったと聞いていたのだけれど」

エルの耳には届いていないと思っているのか、女性達はひそひそと囁き合い始めた。そうか、あの家でエルは亡くなったということになっていたのか。

「蜂蜜クッキー、食べる？」

「食べる！」

子供用の小さなテーブルには、ロザリアが持ち込んだ蜂蜜クッキーも置かれている。

子供達の間でも人気のようだ。材料はなかなか手に入らないので、王都では再現できない品だ。

「エル嬢は、辺境伯のお家で幸せ？」

もしゃもしゃとクッキーをかじっていたら、イレネが首をかしげてたずねてきた。エルもまた首をかしげて返す。

（これってもしや）

イレネを通じて、エル本人がどう思っているのかを聞きたいのだろうか。子供といえど、油断はできないらしい。

「エル、幸せよ？　おいしいご飯が食べられるし、にぃに達は優しいの」

嘘は言っていない。辺境伯家の食事はおいしい。料理事情を改善したのはエルだが。

三人の兄は優しい。血の繋がりはないけれどエルを大切にして愛してくれる。エルの奪い合いが暑苦しく感じられることもあるけれど、それも含めて幸せだ。

エルの中の大人な部分が、伯爵家の人達より辺境伯家の人達の方がずっと家族だと囁きかけてくるし、エルも納得している。

「そうなの。エル嬢が幸せならよかったわ」

次の質問を待って身構えたけれど、イレネはにっこりとしただけだった。気負っていた分、拍子抜けである。

「ねえねえ、このお菓子はどう？」

「とってもおいしい。このクリームが特においしいです」

イレネとは別の女の子が声をかけてくれる。クッキーを食べ終えた今は、生クリームで飾られたミルクプリンのようなお菓子を食べているところだ。

大人達とは別のテーブルに集まっている子供達は、皆エルに興味津々だ。友達を増やすのにいい機会だと思っているのかもしれない。

「これはね、ミルクモーのミルクで作った生クリームを使っているのですって。ミルクモーのミルクはなかなか手に入らないってお母様が言ってたわ」

このお菓子に使われていたのは、ミルクモーのミルクだったらしい。どうりで覚えのある味である。

「辺境伯領では、毎日ミルクモーのミルクを飲みます」

「本当に？」

「ミルクを出す牛さんがいないから、ミルクモーのミルクを飲むの」

何しろ、辺境伯領は魔物が多い。

普通の牛は、魔物の恐怖によるストレスから、どれだけ大事に育てても乳を出せなくなるらしい。

ミルクモーは比較的温厚な魔物で、辺境伯家の敷地内——とはいえ、屋敷からも城下町からも離れた場所——で飼育されている。

だが、人の多い王都近郊で魔物であるミルクモーを飼育するというのは、自殺行為だそうだ。王都近郊では、王宮の一角で、ごく厳重に管理された上で王族用のミルクを賄える分だけ飼育されているという。

「辺境伯領って、すごいのねえ……私も遊びに行けるかしら？」

「来てくれたらエルも嬉しいけど、馬にたくさん乗らないといけないから、お尻が痛くなるの」

イレネが身を乗り出すけれど、エルは首を横に振った。

最初の三日間は、お尻や裏腿の皮膚がずる剥けになったのは内緒である。毎晩、ロザリアに治してもらっていた。

だんだん慣れてくるそうで、帰りはそこまでひどくならないのではないかという予想だった。その予想が当たることを祈りたい。

「お尻が痛くなるのは困るわ」

と、イレネ。貴族の娘であるイレネにとっては、長時間馬に乗るというのは想像つかないようだ。

こうして、王都までの旅についてエルが語るのを、目を輝かせて聞いてくれた。

こうして、新しい友達ができた茶会は無事に終了した。彼女達は普段王都で暮らしているそうだから、また会う機会があるかもしれない。

この茶会だけではなく、ロザリアはあちこちエルを連れて歩いた。そうしながら、貴族の女性達の間に噂をばらまいている。

保護された時、ボロボロだったこと。どう見ても栄養が足りていなかったこと。魔物の跋扈する森にひとり捨てられていたこと。

エスパテーラ伯爵は、『長女』は亡くなったと王宮に届けていたらしく、亡くなった女の子が魔物の徘徊する森で発見された理由について、様々な噂が飛び交っているようだ。

お茶会では、エルは女の子達と一緒にロザリアとは別のテーブルに行くことになるので、どんな話をしているのかを聞いているわけではない。

でも、子供達の噂から察するに少し話を盛っているのだと思う。

屋敷に帰ってから、ロドリゴが「やりすぎるなよ」と忠告しているのも聞いてしまった。

それはともかくとして、エルとしてはロザリアと一緒にお出かけするのは楽しいし、お出かけした先でおいしいおやつを食べられるのも嬉しいし、同性の友達と遊ぶのも楽しいので断る理由もない。出かけると言われれば、喜んで一緒に出かけることにしている。

辺境伯家の夫人であるロザリアと話をしたいという女性は多かったから、工作は順調に進んでいった。

『今度王都に店を出そうと思っている。客となるのは限られた人だけだけれど』

という言葉と共に差し出された蜂蜜クッキーに、彼女達が夢中になっているというのもあるかもしれない。

＊　＊　＊

その日のお茶会は、特別だった。

（……大丈夫かな……）

馬車に揺られながら、エルは遠い目をした。今朝は朝から忙しかった。王妃から、エルが作った新しい料理を献上するようにと依頼があったので。

出かける支度をする前に厨房に駆け込み、王都の屋敷で働いている料理人達の手も借りて、何とか準備できたけれど、王妃が気に入ってくれるかどうか。

三兄弟も一緒に乗り込んでいるのは、彼らは王宮騎士団の稽古に参加するかららしい。

「あ、僕は、王宮の図書館に行かせてもらいます。調べたいことがあって」

「メルにぃには、騎士団には行かないの？」

他のふたりには劣るとはいえ、メルリノの剣の腕も、近頃はぐんぐん上達して、本人が思っているほど悪くはないというのが周囲の、特にロドリゴの評価だ。エルもその評価は正しいと思っている。

「調べ物が終わったら行こうと思っていますが。でも、行っている時間があるかな」

「王宮騎士団で教わったことは、俺が教えてやるから安心しろって」

「そうですね。兄上が教えてくれるのなら安心です」

三兄弟の中で、一番魔術の才能があるのはメルリノだが、攻撃魔術というよりは、回復や防御、支援といった魔術が得意である。

以前はそこがコンプレックスだったみたいだけれど、最近のメルリノは、自分にできることに前向きに取り組んでいる。いい傾向だ――なんて、エルが言うのは少し偉そうかもしれない。

「私と、エルはこっちよ。皆、きちんと礼儀は守って、辺境伯家の者らしくふるまってちょうだい」

「母上――俺達、もう子供じゃありませんよ」

と、ラース。だが、実はエルもラースのことは心配だったりする。

しばしばハロンと張り合うような幼さもあるし、彼の行動はまだ大人にはなりきっていないように感じられることが多々あるからだ。

「僕は、図書館で調べ物をするだけですから。司書の方にお願いしますね」

メルリノは、まったく心配する必要はなさそうだ。王宮図書館での読書に夢中になりすぎて、帰る時間を忘れてしまうのではないかという方が不安かもしれない。

「一生懸命、練習してきます！」

ハロンは少し、緊張気味。彼は、王宮に行くのが初めて。ラースが暴走しないように、ハロンが引き止めてくれたらいいけれど。

「……それでも、心配なものは心配なのよ。いつまでも、子供に見えてしまって……あなた達を馬鹿にしているわけではないの」

と、ロザリアは苦笑い。

ハロンが十歳を過ぎた頃から王都と領地を行き来しているそうだから、ハロンに関しては特にそうだろう。ハロンの頭に手を置いて彼女は微笑みかけ、微笑まれたハロンの方は恥ずかしそうに笑っている。

（……羨ましいな）

エルだって、もうすぐロドリゴとロザリアの娘になるというのに。つい、羨ましがってしまう。前世から引きずっている愛情不足は、まだまだエルの中に残っているみたいだ。

兄達に手を振り、エルはロザリアの後ろについて歩き始めた。手を繋いでもいいが、ここではこうするのが正式のマナー。

（……広いな）

王宮の廊下は、壮麗さと威厳を兼ね備えた贅を尽くしたつくりだった。

真っ白な大理石製の床。連なる巨大なアーチ型の窓。窓から差し込む陽光が廊下全体を柔らかく照らし出していた。

壁には、過去の王族の肖像画がかけられている。いずれも、この国の歴史を物語るものだ。

「まあ、あなたがエル嬢ね」

エルとロザリアが通されたのは、王妃が親しい友人を招くために使うという部屋だった。猫足の家具が優美な雰囲気だ。

（お姫様のお部屋って、こんな感じ……？）

辺境伯家のエルの部屋も、前世の基準からすると相当広く、家具も贅沢なもので「お姫様の部屋」という雰囲気だったけれど、ここはさらにその上を行く。

壁紙は赤く、随所に金があしらわれている。なんて豪華なんだろう。これはまさしくお姫様の部屋だ、いや、王妃様の部屋だった。

「エリュです！　よろちくお願いしましゅ！」

緊張して声が上ずった上に噛んだ。カーッと頬が熱くなるけれど、気にしていないふりをする。

「噂通り、可愛らしいお嬢さんね」

王妃は、エルを見て目を細めた。

「そうでしょう？　私は王都にいたから、この子がどんな状態で発見されたのか、自分の目では見ていないのだけれど」

ロザリアが発見当時のことを話しているのを聞きながら、エルは目の前のお菓子を見つめていた。ロザリアが献上したのだろう。見たことのある蜂蜜クッキーが置かれている。

（そう言えば、お店を開くんだっけ）

この間市場の視察に行った時、店の場所も確認してきた。

貴族御用達の店が軒を連ねる中の一画。蜂蜜クッキーだけではなく、蜂蜜を使った焼き菓子や、辺境伯領の特産品も並べるそうだ。

「ところで、エル嬢は、お料理が好きなのですって？」

「はい、王妃様」

何でそんなことを聞かれるのかなと思いながらも、素直に返す。辺境伯家の人達が喜んでくれるのが嬉しくて、厨房で時間を過ごしている。

「この蜂蜜クッキーもおいしいし、レシピをもらって作ったパウンドケーキもおいしかったわ。唐揚げも、王宮の騎士達も喜んでいたそうよ」

辺境伯領では高級食材フェザードランを使って作るが、王都では普通に鶏を使うという。エルの渡したレシピも、フェザードランの肉を鶏肉に置き換えて書いてある。醬油ベースの味つけはそもそもこちらには存在しなかったから、目新しい料理として歓迎されているようだ。

「そうだわ、お願いしていた料理はどうなったかしら？」

目を見張ったエルの様子が王妃には微笑ましく映ったようで、エルをにこにこと見つめている。

「用意、しました」

「ロザリア、早く見せてちょうだい」

待ちきれない様子で、王妃はロザリアをせかす。苦笑いしたロザリアは、バスケットを運ばせた。朝、エルが調理したものが入っている。

取り出したのは、コッペパンの形に焼いてもらったパンに、チキンカツを挟んだもの。タルタルソースも用意した。

（タルタルソースは大変だったな……）

と、ちょっぴり遠い目をしていたのはここだけの話である。何せ、マヨネーズを手作りするところから始めなければならなかったので。

「私とあなたのお付き合いだけれど、毒見はさせていただくわ」

「お願いね。何かあったら困るもの」

バスケットから取り出されたチキンカツサンドを、王妃の侍女が目の前で半分に切り分け、二枚の皿に乗せた。王妃が先に片方の皿を取り、そしてもう片方をロザリアが手に取る。

「お母様？」

いったい何をしているのかと思って問いかけたら、ロザリアは何でもないというように笑った。

「王族の口に入るものはね、毒見が必要なの。こうしてひとつのサンドイッチを分け合えば、毒が入ってないって証明できるでしょう？」

なるほど、と納得した。ひとつのサンドイッチの片方にだけ毒が入っているという可能性を考えているわけか。切り分けたものを王妃が選び、残された方をロザリアが食べれば、その危険性を回避できるわけだ。

ロザリアは、サンドイッチを一口かじると「うーん」と唸った。王妃が身を乗り出す。

「おいしいわ。エル、やっぱりあなたは天才ね！」

「よかった！」

半分に切り分けたサンドイッチを、ロザリアは休むことなく食べ終えた。侍女達がじっとその様子を見守っている。毎回これでは、王族の食生活は、とても不便に違いない。

「では、私も」

少し待って、毒の影響が出ていないことを確認してから、王妃も口に運ぶ。小さく上品にかじったところで目を見開いた。

「おいしいわ！　きっと、これなら騎士団の騎士達も喜ぶわね」

豚でもなく牛でもなく鶏肉を選んだのは、王都の騎士団で鶏モモ肉の唐揚げが人気だと聞いたからである。どうせなら、胸肉だって使いたい。それに、浄化魔術を使える人がいれば、卵を浄化して、マヨネーズも作り放題。

エルのタルタルソースは、マヨネーズに茹で卵、玉ねぎ、ピクルスを加えたもの。

マヨネーズを一から作るのはとても大変だけれど、王宮の料理人ならば問題ないはずだ。

「ロザリア——私も、この子の後ろ盾になるわ」

「お願いね」

大人達の話が終われば、楽しいお茶の時間だ。エルの前にも、ティーカップとお菓子が運ばれる。

「エル嬢、今のお料理のレシピも、もらえるかしら？」

「はい、王妃様」

チキンカツとタルタルソースのサンドイッチなら、きっと体力勝負の騎士達も物足りなさを覚えないですむ。

とりあえず、王妃の前で大きな失敗をしなかったことには安堵した。

チキンカツとタルタルソースを挟んだコッペパンは王妃のお気に入りの料理になったらしい。

＊　＊　＊

ロザリアが女性達の間にエルの置かれていた境遇について噂を広めている間、ロドリゴはロドリゴで暗躍していたらしい。らしいというのは、ロザリアの時とは違ってエルはその現場にいることを許されなかったからである。

王都に滞在すること一か月。ついにその日がやってきた。

「今日は、王宮に行くわよ」

「王宮？」

エルはロザリアの言葉をオウム返しした。王妃のお茶会には何度か招待されたが、王宮に行くって、本来なら結構大ごとなんじゃないだろうか。

「メルリノのお披露目の日だもの」

この一か月の間、メルリノもまた王宮の図書館だけではなく、あちこちの貴族を訪問し、成人の挨拶回りをしていたそうだ。貴族って大変なのだなと思う。

前世なら一斉に行われる成人式で、友人達と再会し、懐かしい先生達に挨拶をすれば終わっただろうに。

「今日は、手続きもするからな」

それを聞いて思い出した。

（そうだった、養子縁組するには一度王宮に行かないといけないんだった……）

王宮に行き、審査を受けなければ養子縁組ができないらしい。

特に、エルの場合、森で拾われた子である。そのため、他よりも少しばかり審査が厳しくなるのではないか、なんて予想も出ていた。

王妃とはあれから何度か顔を合わせているから、たぶん、審査はもう終わっているのだろう。最初に顔を合わせた日、「エルの後ろ盾になる」と言ってくれていたし。

「お父様、素敵ね？」

今日のロドリゴは、いつものような動きやすいラフな服装ではなく、ぴしっとした正装に身を包んでいた。

黒地に銀で刺繍《ししゅう》の入っている長い上着。白いシャツの襟にも刺繍が施されている。

背が高く肩幅が広いから、今日の彼はいつも以上に堂々として見えた。少々こわもてなところが逆に、華やかさを際立たせているみたいだ。

ロザリアは、紺色のシックなドレスを選んでいた。よく見れば、彼女のスカートの裾に施されている刺繍は、ロドリゴの上着と同じ意匠である。夫婦で装いを合わせるのは、仲の良さの証明だ。

ラースは茶色、メルリノは灰色、ハロンは深い緑色の上着を身に着けていた。三人の上着にも、両親と同じ意匠の刺繍が施されている。

そして、エルはといえば、ピンクのドレスだった。スカートは何段ものフリルになっていて愛らしいもの。エルだけ刺繍がないわけではなく、お腹から胸にかけてびっしりと皆と同じ刺繍が施されていた。

これはどこからどう見ても仲良し家族である。

（大丈夫かな……？）

ひとつ気になるのは、ラースの抱えている包みである。王宮に出かけるというのに、何を抱えているのだろう。

「ラスにぃに、それは何？」

「これは、国王陛下と王妃陛下にお見せするものだよ」

「ふーん」

職人達が、魔物からとれる素材を使って、いろいろな商品を作っているらしいというのは先日聞いた。

たとえば、フェザードランの羽毛は、加工すると最高級の寝具になるのだとか。ハッピーバニーの骨は、粉にして陶器の生地に混ぜると耐久性が上がるらしい。

他の魔物もそれぞれ利用できる部位を持っているものがあり、辺境伯領で使わないものは、王都に運ばれて有効活用されるそうだ。

ラースが抱えているのは、たぶん、辺境伯領で作られた品のひとつなのだろう。

揃って馬車に乗り込み、王宮を目指す。エルは、窓の外を眺めていた。

（王都に、来なかったらよかったのかな。そうしたら、あの人に見つからないですんだのかな）

辺境伯家の養女になるためには、王都に来なければならなかった。それはわかっているけれど、王都に来なかったら、あの人達と再会することもなかっただろうに。

今から王宮に行って、何があるのかわからない。胸が重苦しくて、手をぎゅっと握りしめた。

（ん？）

苦しいなと思っていたら、隣に座っているラースの脇にある包みがかたかたと揺れている。

これは、もしや。中身は、辺境伯領の特産物ではなく、ジェナとベティが一緒に来ているのだろうか。ラースの方を見たら、唇の前に指を立てられた。しばらく、内緒にしておきたいらしい。

ロドリゴもロザリアも中身が何か知ってはいるのだろう。そうでなかったら、彼らはラースを止めたはず。

王宮に入ると、いったん控室のようなところに通された。それから、頃合いを見て改めて今日の会場へと向かう。

王宮の大広間には、たくさんの貴族達が集まっていた。

入口を入った正面には、一段高くなったところに玉座が据えられ、そこに国王夫妻が腰を下ろしている。

赤いじゅうたんの敷かれた中央を開けるようにして、貴族達は左右に分かれて立っていた。

ひそひそと囁き合う声は、今日の主役であるメルリノだけではなく、辺境伯家に迎え入れられるエルのことも話題にのせているのだろう。

すべてが美しく、きらびやかで、エルの目を引き寄せる。あまりじろじろ見てはいけないだろうと、慌てて視線を落としたほど。

「カストリージョ辺境伯家、参上いたしました」

ロドリゴがそう述べている間に、全員揃って頭《こうべ》を垂れる。正式な作法は習っていないけれど、彼らにならってエルも頭を下げた。

「おお、よく来てくれた。そなたがエル嬢だな」

国王が一家を歓迎してくれ、王妃がエルに目を向ける。

「いいのよ、お返事をなさい」

偉い人に声をかけられて、返事をどうしようかと迷っていたら、すかさずロザリアが救いの手を差し伸べた。

「はい、エリュです」

久しぶりに噛んだ。最近は、上手にしゃべるようになってきたのに。

恥ずかしさにかーっと顔が熱くなったけれど、国王夫妻は、エルの失敗をとがめようとはしなかった。

「メルリノ、本日は成人の挨拶に来てくれたのだな」

国王は思っていたよりも優しい声でメルリノに声をかけた。前に出たメルリノは丁寧に膝をつく。

「陛下、私、メルリノ・カストリージョは今日、成人の日を迎えることとなりました。これまでの生涯、私はすべてを学び、見識を深めることに専念して参りました。これからも、私のすべての努力を我が国と陛下のご栄光のために捧げることを誓います」

国王夫妻の前に出ても、メルリノは臆する様子も見せなかった。

挨拶をしている様子も堂々としていてよどみなくて、エルはほれぼれとしてしまう。さすがメルリノ。きっと、長男のラースも成人の挨拶の時には堂々としていたのだろう。

「メルリノ・カストリージョ、君の成人を真心から祝福する。我が国への忠誠を、これからも引き続き示してくれ」

「はい、陛下」

立ち上がったメルリノが丁寧に一礼する。それから他にも三名ほど、同じように成人の挨拶をする少年が続いた。一応十五歳が成人ということになっているが、家の事情などで十五よりも前に挨拶をする者もいる。

ひとりは、そういった事情があるようで、ハロンと同じ年ぐらいに見えた。それでも堂々と挨拶をしているのだから、しっかりしている。

「さて、今日はもうひとつ、話をしなければならないことがある。こちらのエル嬢についてだ」

周囲の人達の視線が、一斉にエルに突き刺さった。思わず身をすくませるが、これだけは主張しておかないといけない。

「エルは、辺境伯家の人達と一緒にいたい、です」

国王の目に見つめられたら、ぽろりと口からそうこぼれてきた。言ってはならないことを口にしてしまった気がして、慌てて口を押さえる。

「それについては、エスパテーラ伯爵家と話をする必要がある。今日は、そのために来てもらったのだ。皆にも見届けてもらいたい」

国王の言い分も、間違ってはいない。カストリージョ辺境伯家の意見だけ聞き、エルを辺境伯家に引き渡すなんて、国を治める立場の者としては間違っている。

……でも。

エルはロドリゴの側に寄った。エルに父親の愛を教えてくれた人。彼の側にいたら、少しだけ安心できるような気がした。

「大丈夫だ。俺に任せておけ」

ロドリゴは、エルの肩に手を置いて引き寄せた。うん、大丈夫だ。何の脈絡もなくそう思う。

（……変なの）

この人達とは、まったく血の繋がりなんてないのに、それでもエルにとってはとても身近な人達だ。

「エスパテーラ伯爵、前に出ろ」

もう忘れたと思っていた名前。その名前が出てきただけで、エルの胸がぎゅっとなった。

大丈夫、大丈夫。心の中でそう繰り返す。

エルの周囲には、最強の家族がいるのだから大丈夫。

改めて見たエスパテーラ伯爵は、背の高い男性だった。鍛えてはいないようで、ひょろりとしている。顔は険しく、視線も鋭い。

エルにちらりと向けた視線には、親の愛情なんてものはまるで感じられなかった。

「そこにいる娘は、そなたの娘だというのは本当か」

「はい、陛下」

かつて父と呼びたかった人――エルは父と呼ぶことを許されなかったから――は、国王の前で膝をつき、頭を下げた。

血の繋がりがあることは、何となく理解した。エルと同じ髪の色、同じ色の瞳をしている。

顔立ちが似ているかどうかはよくわからなかった。でも、まったく親しみは感じない。

「私の娘でございます。行方不明になりひそかに探しておりました」

はっとロドリゴが鼻で笑ったのがエルの耳にも届いた。王の前だというのに、そんなことで大丈夫なのだろうか。実際、この様子を見ている貴族達ははらはらとしているようだ。

「ひそかに、ねぇ……」

「何が言いたい？」

立ち上がったエスパテーラ伯爵は、眉を上げたロドリゴに向かって振り返った。ここは、王の前だというのに、その態度は問題ないのだろうか。

睨むような視線を向けられ、エルはロドリゴにしがみついた。絶対に、あの人とは一緒に行きたくない。

「陛下、私がこの娘を保護した時には、長期間ろくに食事をしていないようでした。こちらに医師に診察させた結果をお持ちしました」

ロドリゴが自分のことを「俺」ではなく「私」と言っている。やはり、公の場ではきちんとするのだなとエルは考えた。そんなことを考える余裕があるのなら、まだ大丈夫だ、きっと。

エスパテーラ伯爵が落ち着きなく身体を揺すっているのに対し、ロドリゴの方は落ち着いている。エルはますますロドリゴにしがみついた。絶対に、離れるもんか。

「伯爵、なぜ、エルを探さなかった？　エスパテーラ伯爵家の長女は、病気で亡くなったと聞いていたんだがな？」

そう問いかけるロドリゴの低い声。伯爵は、その声に脅えたかのように肩をびくりとさせた。探さなかったどころか、王宮にエルは死んだと届けていた。

「そ、それは……行方不明など外聞が悪いからだ！　娘の将来に差しさわりが出るかもしれん！　探してはいたのだ」

娘という言葉にエルがびくりと反応したけれど、彼がさしたのはエルではなかった。

「そ、そうですわ！　私がお願いしたのです。娘のことを考えてほしいと！」

集まっている人達の前に出てきたのは、先日見かけた女性だった。側には、いつだったかエルが伯爵を認識するきっかけとなった女の子がいる。ということは、彼女は父の後妻なのだろう。

「行方不明だなんて、我が家の警備に問題があると思われてしまいます！　そんな家の娘にはよい縁談が来るはずありません！」

そういうものなのだろうか。貴族として、そのあたりの機微はエルにはわからない。

「見つかったらどうするつもりだったんだ？　死んだと確信していたからこそ、届けが出せたんだろう？」

ロドリゴの舌は止まらない。確実に伯爵を追いつめていく。伯爵は、額に汗をにじませ、ぶるぶるとし始めた。

「み、見つかったら……我が家の遠縁の者として養女に迎えるつもりだった！　伯爵家の娘には違いがない！」

たしかに実子か養女かの違いはあれど、扱いとしては伯爵家の娘には違いない。エルにとっては、まったく魅力的に思えない提案だが。

「弔慰金を受け取っていただろう。それはどう言い訳をする？　辞退するという手もあったはずなんだがな」

続けるロドリゴはあきれ顔。

そして、弔慰金まで受け取っていたのだ。もしかしたら、領地にはエルのお墓があるのかもしれない。

あったとしても、エルがそこにお参りすることはない。自分のお墓参りに行くというのは、何とも複雑な心境になってしまう。

「放り出したエルが王妃陛下の覚えがめでたくなって、今さら惜しいと思ったか？　エルを取り戻したあとどうするつもりだ？　また、監禁するのか？」

「監禁など！　もちろん、我が家の娘として大事に育てる！　愛する娘を返してくれ！」

とんでもないというように、エスパテーラ伯爵は首を横に振る。彼は、エルに手を差し伸べた。

「ずっと探していたんだよ、エルレイン。家に戻っておいで——辺境伯、娘を保護していただき、感謝する」

娘を保護？　感謝？

エルはしかめっ面になった。

あの家に戻るのだけは絶対に嫌だ。その気持ちを精一杯視線に込めて、エスパテーラ伯爵を睨みつける。

「帰りません！」

その声は鋭かった。思わず、国王がエルの方に目を向けたほどに。

「エル嬢。そなたは帰りたくないのか？」

国王がわざわざ椅子から立ち上がり、エルの側に来てたずねる。エルは勢いよくうなずいた。

そして、伯爵を指さす。行儀が悪いのは知っていたけれど、そうせずにはいられなかった。

「エル――私は呪われた子だから、外に出ちゃだめだってその人は言ってエルを閉じ込めた。お父様は、私のことを閉じ込めたりしないもの。だから、辺境伯家にいたいの」

「呪われた子というと？」

なぜ、エルが呪われた子だと言うのか、国王には理解できなかったようだ。

「そんなことはしていない！」

伯爵はわめくし、伯爵夫人は青ざめている。一緒に連れてこられた女の子は、状況がまったくわかっていないようで泣き始めた。

すかさず王宮の使用人が、女の子と夫人を連れ出している。さすが、王宮の使用人。対応が速い。

「それについては、私から説明してもよろしいですか？」

わめく伯爵は完璧に無視し、国王に向かって、ラースが口を開いた。いつもとは違い、ラースの口調は丁寧なものだった。一人称も「俺」ではなく「私」を使っている。ロドリゴと一緒だ。

国王がうなずくのを待って、ラースは抱えていた包みを開いた。中から出てきたのは、フライパンと包丁である。

「これは？」

「精霊具です。陛下」

わめいてた伯爵も、出てきたものがあまりにも想定外だったらしく、黙ってしまった。たしかに、王宮に持ってくるには不適切な代物だ。

「精霊具……？」

「はい。弟が調べてくれたのですが、精霊を物体に宿す能力を持つ者がいるそうです。そういった者は、普通に魔術を行使できないとも聞きました」

エルの能力は、精霊の力を物体に宿すこと。だが、まだその能力は完璧には制御できていない。

なぜなら、エルは自発的に精霊具を作ったことはまだないのだ。精霊達がエルの意をくんで、自発的に動いた結果がジェナとベティである。

「伯爵家では、物が勝手に動くことがあったそうですが、それもまた不完全な能力のせいではないかというのが弟の調査の結果でした」

伯爵家では、エルも意図しないところで物が勝手に動いていた。

でも、カーテンが勝手にはためいたのは、朝になったから部屋の中を明るくしようとしただけ。毛布が空を飛んだのは、眠ってしまったエルを冷やさないため。

使用人や伯爵達に道具が体当たりしたのは、エルを守ろうとしたから。

メルリノがこの一か月、王宮の図書館に通い続けていたのは、これを調べるためだったのだとラースは語った。

「今はもう、その能力を持っている者も少なくなってしまっているようです。エルは、呪われた子ではなく、祝福された子なのです、陛下」

エルが魔力を持っていないと鑑定されてしまったのは、魔力の使い方が現在知られているものとは大きく違っていたかららしい。

おそらく、魔力がないと鑑定されている者の中にも、同じような能力を持っている者はいるだろう。

「な、何だと……！　戻れ！　戻ってこい、我が家に！」

王妃のお気に入りというだけでなく、エルの能力が稀有《けう》なものであると、今のラースの説明でようやくエスパテーラ伯爵は理解したらしい。戻ってこいなんて言われても、エルの気持ちはちっとも揺さぶられなかったけれど。

「来い！」

「行かない！」

間違いなく、完全に頭に血が上ってしまっている。国王の前でこんな愚行を犯して、エルを手に入れたとしても、父として認められるはずもないだろうに。

エルの方に伯爵が手を伸ばし、掴もうとした瞬間――、ジェナとベティが、空中に浮かび上がった。ゆっくりと伯爵の周囲を飛び回る。

勝手に調理器具が舞い上がったことに、集まっていた人達からは驚愕の声が漏れる。そして、ジェナは大きく振りかぶったかと思うと、伯爵のお尻を叩いた。それはもう勢いよく。

「な、何をする！」

叫んだ伯爵がジェナを捕まえようとするが、空中高く飛び上がれば、伯爵に捕まえることはできない。そして、ジェナに気を取られている伯爵の肩を、鞘に入ったままのベティがつんつんとつつく。

「やめろ！」

ベティを叩き落とそうとするが、それもまた空中に浮かび上がることによって阻まれた。

けれど、伯爵にとっては屈辱だったらしい。

「やめろ！　私を叩くな！」

手を振り、足を蹴り上げ、ジェナとベティを追いやろうとするが、ふたりは巧みに伯爵の手足の届かない限界ぎりぎりを逃げ回っている。

周囲からは、ひそひそと囁き合う声に、笑う声。

その様子を見ていた国王も苦笑いした。どうやら、どちらに非があるのかは、これで証明された形になったらしい。

「ラースよ。精霊具の説明を頼めるか？」

「フライパンのジェナは、絶妙の焼き加減で料理できます。包丁のベティは、エルが望んだ大きさに食材を切り分けることができます」

それだけか？　と囁き合う声が聞こえる。

それだけって何だ。ジェナもベティも調理器具だ。調理器具が調理をして何が悪い。エルは胸を張ると、大切なふたりに手を差し伸べた。

「ジェナ、ベティ。その人はもうどうでもいいから、陛下と王妃様にご挨拶して」

ひゅるり、とエルの両肩のあたりにジェナとベティが来る。そして、丁寧に頭を——頭と言っていいのだろうか——を下げた。まるで、エルを守る騎士みたいに。

その様子を見ていた国王は、ひとつうなずいて笑みを浮かべた。

「伯爵、そなたの言い分はまったく筋が通っていない。エル嬢は、辺境伯家で養育するものとする。そなたには、親になったという自覚はないようだしな」

「陛下！　私は、娘を！　娘を愛しているのです」

なおも悪あがきする伯爵の後頭部を、勢いよく飛んで行ったジェナがぺちんとはたく。後頭部を押さえて呻《うめ》く声に、周囲からはまた笑い声。

今度は、ベティが肩先をつんつんとつつく。鞘からすらりと抜けて、伯爵に狙いを定めると、彼は悲鳴をあげた。

「ベティ、それはだめ。あなたが切るのは人じゃなくて食材でしょう？」

エルがそうなだめると、ベティはしゅんとした様子だった。いや、しゅんとしたように見えるのもどうなのか。

今度は鞘に再び収まり、伯爵の背中をつついて広間から追い払おうとする。

「こら、やめろ！　私は伯爵だぞ！　エルレイン戻ってこい！」

広間の中をぐるぐると逃げ回る伯爵と、肩を揺らして笑いをこらえる貴族達。広間は異様な光景になってしまった。

「伯爵、黙れ。エル嬢、精霊達をとめてくれるか」

エルは改めてジェナとベティに手を差し伸べる。伯爵を追い回すのをやめたふたりは、ふわふわと空中を漂って戻ってきた。そして、静かにエルの両脇に位置を占める。

「さて、エル嬢」

「はい、陛下」

「辺境伯家で幸せに暮らすといい――これが私の出した結論だ」

「陛下！　その娘は、私の！　エルレイン！」

「黙れ！」

なおも悪あがきをする伯爵に、ついに国王は怒りの声をあげた。

「娘の死を偽装するなど、貴族として、いや親としてありえないことだ！　のちほど、ゆっくり話を聞かせてもらう！」

さすがの伯爵も、そこで口を閉じた。「連れていけ」という命令に、兵士達が伯爵を引きずっていく。

「あの者の処遇については、私に任せておくがいい」

「ありがとうございます、陛下……よろしくお願いします」

エルは丁寧に頭を下げる。

辺境伯家の娘となることが国王によって正式に認められたのだ。今までこの様子を固唾を飲んで見守っていた周囲の貴族達からも拍手が上がる。

伯爵のことも、伯爵家のこともう忘れてしまおう。あの家には、最初からエルの居場所はなかったのだから。

＊　＊　＊

王都に来た用事はすべて片付いた。明日には、辺境伯領に戻ることになる。

今日は、王都の屋敷で過ごす最後の日だ。

「早く帰りたいな。ねえ、ベティ、ジェナ」

厨房で樽に座っているエルの前で、フライパンと包丁がふるふると身体を揺らす。精霊具と言われてもまだピンとこない。エルがもう少し大きくなって、ちゃんと勉強したらベティやジェナともお話できるようになるのだろうか。

「庭に火をおこすんだろ？」

「そうです、ラスにぃに。今日はお庭で、炭焼きにするのです！」

ラースが厨房をのぞく。彼は、炭の入った箱を抱えている。

「このお肉は外に運んでおきますね」

「メルにぃに、お願いします！」

メルリノは、切り分けられた肉を手に、外に出て行った。

「塩、胡椒、エル特製タレ。グラスも運んでおくね！」

ハロンもトレイに食器を乗せて運んで行った。

エルは樽に座って足をぷらぷらとさせている。今日は疲れたけれど、国王がエルを伯爵家に戻さなくて本当によかった。

明日は、辺境伯領に戻れる――やっと家に帰れるのだ。

エルにとっては、辺境伯一家が家族。辺境伯領がエルの家なのだ。

「おーにくーおーにーくー！」

樽からぴょんと飛び降り、庭に向かう。

屋敷を守る騎士達も、庭に集まっていた。手際よく火をおこす様は、もう皆慣れたもの。

あっという間に、網の上に食材が並べられる。

魔物肉に、野菜。厚く切られたベーコンもじゅうじゅうといい香りを漂わせ始めた。あとは、乾杯の合図があればいつでも始められる。

「エルがうちの娘になったぞー！　祝え！　めでたい！」

さっそくロドリゴは、酒のグラスを掲げている。まだバーベキューは始まっていないというのに、すでに酔っているらしい。

「エル様、おめでとうございます」

集まっている騎士達は、エルが辺境伯家の娘になったことを喜んでくれる。

（こういうのっていいなぁ……）

庭に持ち出された樽に座ったエルはにこにことして、彼らがグラスをぶつけてくるのを受け入れた。エルのグラスに入っているのは、ジュースだったけれど。

けれど、不意に庭がざわざわとし始める。串に刺してじゅうじゅうと焼かれた肉や、酒のグラスを手にしたまま、騎士達がさっと左右に割れた。

その向こう側から、男性がゆっくりとこちらに向かって歩いてくる。彼には見覚えがあった。

今日、正装して玉座に座っていた人だ。今はいくぶん気軽な格好だったけれど、威厳のようなものは隠せていなかった。

「王様？」

口にしてから、陛下と呼ばなければいけなかったのかなと思い出す。慌てて座っていた樽から飛び降りようとすると、「よい」とそのまま手で制された。

「小さなそなたに、多大な苦労をさせてしまったようだな。伯爵の行動に気づかなくてすまなかった」

「それはもういいです。お父様とお母様に会うことができたから」

国王からの謝罪に一瞬目を見開き、それからエルは笑みを浮かべて首を横に振る。

「そうか。そなたは強いな」

感心したようにそう言った国王は、エルに銀の札を差し出していた。エルがきょとんとしていると、彼は軽やかに笑った。

「これは、王宮の食料保管庫を使っていいという印だ。今後は、いつでも好きなものを持っていくがいい」

「いいの？」

あ、敬語が飛んだな。

そう頭の片隅で思う。けれど、国王は幼い子供の敬語が抜けたぐらいで罰しようとは思わなかったらしい。笑みを絶やさずに続ける。

「ああ。そなたの発想力で、また新たなメニューを作ってくれ。妃もそれを喜ぶ」

「はい、ありがとうございます！」

今度はちゃんとお礼を言うことができた。

王宮の食料保管庫なら珍しいものがたくさんあるだろう。魔物由来の素材は辺境伯領の方が豊富だろうけれど、珍しい香辛料などを見つけることができるかもしれない。

「すごい！　これで、おいしいものがいっぱい作れる！　おいしいものができたら、陛下にもあげます！」

「楽しみにしているぞ」

食料保管庫への出入り札を手にして喜ぶエルの姿に他の人達も顔をほころばせる。こうして、王都最後の一日は、ハッピーエンドで締めくくられる。

エルにはいるべき場所ができた。それは、誰にも奪うことはできない。

エピローグ

王都に行く時にはどうなることかと思ったけれど、無事に辺境伯家に戻ってくることができた。

エスパテーラ伯爵家は、今、周囲の貴族達から避けられているらしい。自分が捨てた子を、死んだと偽り、王家から弔慰金を受け取った罪は重い。

弔慰金の返却は当然のこととして、エスパテーラ伯爵家は二年の間、王都への立ち入りを禁じられた。王家からの弔慰金をだまし取るだなんて、ありえない。厳罰に処されても文句は言えないはずだ。

エルの異母妹にあたる子もいるが、彼女は社交界にデビューできるかどうかもあやふやな状況。もしかすると、エスパテーラ伯爵家はこのまま爵位返上になるかもしれない。

そして、エルの立場はといえば、大きく変わった。森で保護され、辺境伯家預かりのただの子供ではない。

「エルリンデ・カストリージョ」として、正式に辺境伯家の娘となった。

もともとの名前はエルレインだというが、エル自身その名に未練はないし、あの頃の記憶ももう朧気《おぼろげ》だ。

「それなら、私達であなたの名前を決めてもいいかしら？」

と言ってくれたロザリアに甘えた形で、名前を変えることになった。

辺境伯家ではもう「エル」と呼ばれているから、その愛称を生かした形。新たなエルの誕生の印として、ロドリゴとロザリアが一晩相談し合って決めてくれた名前だ。

この国の昔の言葉で、「エル」は永遠、「リンデ」は愛を意味しているそうだ。

つまり、エルリンデとは永遠の愛。

家族の愛だけではなく、友人達にも、そしていつか出会うであろう未来の恋人にも、ずっとエルが愛されますように。そして、エル自身もたくさんの愛を皆に贈れますようにという意味をこめてつけてくれた。新しい名前は、大好きだ。

本名が変化したところで、エル自身に何か大きな変化があったというわけでもない。

辺境伯家で規則正しい生活をし、三人の兄と騎士団員達に可愛がられるのは前と変わらないのだ。

そして、今日も新たな一日が始まる。

「アルド、婚約者さんとはどう？」

と、アルドに声をかける。戻ってきてからのアルドはにやにやとすることが増えた。王都で恋人のエミーさんと話ができたのだろう。

「再来月、ロザリア様と一緒に来てくれるらしいっす。こっちで新居とか整えたら、来年、王都で結婚式で」

と、アルドはでれでれだ。やる気が出たのだからよしとしよう。それきりアルドには興味を失い、ジャンの方に手を振る。

「ジャンさーん、おはよう!」

今日のジャンは休日だ。

休日とはいえ、いつ出ていくことになるかわからないから、最低限の装備だけ側に置いた彼は、静かに本を読んでいる。

エルを見ると、彼はテーブルに置かれていた瓶を取り上げて振って見せた。中には、エルが作り方を教えたナッツのキャラメリゼ。気に入ってくれたのなら何よりだ。

「にぃに達、今日のご飯は何食べたい?」

エルが、辺境騎士団で料理係なのは、以前と変わらない。兄達全員の希望に添えるかどうかはわからないが、最低限の希望ぐらいは聞いてやろう。

「肉だろ?」

と、ラース。

「フェザードランにする? それともハッピーバニー?」

フェザードランの肉はまだ保管庫にある。ハッピーバニーの肉も大量にある。そういえば、この地域では魚はあまり食べられていないみたいだ。魚料理のレシピも今後は増やしていこう。

「ラス兄さん、最近、ピグシファーが増殖してるって」

「それは、狩らなくちゃだな！」

ハロンの言葉に、ラースが勢いよく立ち上がる。

「ピグシファーって？」

「豚に似た味がする魔物ですよ。うちの領地には、あまりいなかったんですけど」

メルリノの説明は非常にわかりやすかった。エルにとって大事なのは、どんな攻撃をしてくる魔物かというところではなく、どんな味がする魔物かというところだ。

ピグシファーの肉が届いたら、何に使おう。トンカツもいいし、煮豚もいい。豆と一緒にトマトで煮込んでもいいし……今夜は、王都で買ってきたひよこ豆と一緒に煮込んでみようか。

「待ってろ！」

「おいしいの、狩ってくるから待っていてくださいね」

「残念、俺は留守番。エル、厨房で手伝うよ！」

ラースとメルリノが飛び出していき、ハロンとエルは厨房へ。これがいつもの辺境伯家。

「おお、ハロン、エル。ラースとメルリノはどうした」

「ロドリゴ様……じゃなかった、お父様」

母となったロザリアは王都にいるが、父となったロドリゴは辺境伯家にいる。これから書類仕事だという彼は、ひょいとエルを抱え上げた。

「んふー、高いね」

「だろ？」

抱き上げたロドリゴは、エルに頬をすり寄せる。ちょっとひげがじょりじょりするが、今のところは我慢しておこう。

「兄さん達は、ピグシファーを狩りに行くって。今日は、ふたりの組が最初に見回りだから」

「お、いいな。エル、どんな料理にするつもりだ？」

「豆と煮る！　他のお野菜もいっぱい入れて、栄養満点！」

「野菜か……ま、エルのつくるものは何でも美味いからな」

ロドリゴが顔をもっと強くくっつけてきて、エルは笑い交じりの悲鳴をあげた。

「痛い！　痛いよ、お父様！」

「父上、エルをひとり占めしないで――そうじゃない！　下ろして！」

エルをひとり占めにしているロドリゴにハロンが文句を言い、ロドリゴはハロンも一緒に抱き上げてしまう。たぶん、ハロンが言っていたのはそういうことじゃない。でもまあいいか。

幸せだ。ここにエルの幸せはある。

そして、この幸せが長く続くことをエルは確信していた。

END

番外編　辺境伯家のお料理教室

「工房の人、お願いがあるのー」

重い扉をよいしょと開けて入ってきたのは、辺境伯家に新しく加わった末娘のエルであった。白いブラウスにピンクのワンピースを重ね着して、髪はふたつに分けて結っている。手にはボウルと泡立て器を抱えていた。

「エルお嬢様、ご用件は？」

幼女の背後には、鞘に収められた包丁を乗せたフライパンがふよふよと飛んでいる。革の鞘は、この工房にいる革職人が作ったものだ。

「エル、蒸し器と泡立て器が欲しいの。お父様、頼んでいいって言った」

蒸気で蒸した料理を作りたいらしく、下が平らでざるのように穴が空いている部品が必要なのだそうだ。

ちゃんと辺境伯の許可を得てからくるあたり、なかなか心得ていると職人の中でエルの評価は上昇した。何しろ、上の三人は思いついたタイミングで駆け込んでくる。あとからロドリゴに「それはちょっと待ってくれ」と開発を中断させられたことも多々あったのである。

「蒸す時、蓋もする。どの鍋に合わせるのがいいかな？」

「スープを作る深い鍋がいいかもですねぇ」

寸胴ならば高さもある。

二段にして上下に重ね、一度にたくさんの食材を蒸すことができるようにするのもいいかもしれない。何しろこの城では百人以上の人間が暮らしている。

「一度にいっぱい蒸せる、大事」

うんうんとうなずいているので、職人の提案は受け入れられたようだ。

辺境伯家の騎士団には、こうして戦いに出るのではなく、生活を支える工房に所属する者も多い。エルが来てから、辺境伯家の食事事情が大いに改善したということもあり、新しい調理器具の開発には前向きに取り組みたいところである。

蒸し器は今まで辺境伯家になかっただけで、似たような調理器具は市場で買えるというのを職人は知っていたが、王都に行って買うよりここで作ってしまった方が早い。

「厨房で鍋の大きさを確認して、寸法を合わせて作っておきます」

そう言うと、彼女はにっこりと笑った。笑顔がまぶしい。辺境伯一家が、彼女を溺愛するのも納得の愛らしさである。

「あと、泡立て器も欲しい。こうやってかき混ぜるの大変なの。自動でできると嬉しいな」

「ふぅむ」

目の前で、ボウルと泡立て器を抱え、かき混ぜる様子を見せてくれる。たしかに、小さな身体でかき混ぜるのは大変そうだ。

「ここがこうやって回転したら、混ぜるの楽になる……無理？」

手近な紙を引き寄せ、ここが持ち手、ここが回転する場所、とさらさらと絵を描いてくれる。線は曲がっているが、やりたいことはわかった。機械部分だけならさほど難しくないだろうが、子供でも扱いやすい重量にするのは手間取るかもしれない。

「しばらく、お時間をいただけますか。他のやつにも相談してみます」

「ありがとぉ」

「いえいえ、どういたしまして」

ぱぁっと顔を明るくしたのを見ると、微笑ましい気持ちになる。しかし、自動で回転する泡立て器なんて見たことない。

仲間と相談して、試作品を作るところから始めなければ。久しぶりに、わくわくする仕事になりそうだ。

＊＊＊

エルが、工房に自動泡立て器——前世の言葉で言うならハンドミキサー——を注文してから十日後のこと。

工房から、試作品が届けられた。よし、とエプロンをつけて厨房に入る。

「今日は、おやつに蒸しパンを作る！」

樽に乗って宣言したら、「おーっ！」と右手を突き上げたのは、三人の兄だった。それから、今日の料理当番の騎士達も。

皆の前には、卵、小麦粉、蜂蜜、ミルク、それにバターとベーキングパウダーを出してある。それから、皆からよく見える位置に分量を書いた黒板も。もちろん、ミルクはミルクモーのもの。蜂蜜はブラストビーのものである。

それぞれ分量をはかり、用意ができたところで調理開始だ。

「まず、卵と蜂蜜をよーく混ぜる。皆、頑張れ」

ここで、ハンドミキサーの登場だ。エルの小さな手でも使いやすいように軽くしてくれているみたいだ。ハンドミキサーは、エルが使う試作品しかないので、他の人達には従来の泡立て器で懸命に混ぜてもらう。

「がーって回す」

卵と蜂蜜を混ぜたら、ミルクを追加。混ざったところで、今度は小麦粉、ベーキングパウダー。最後に溶かしバターを加えて混ぜる。

（うん、いい感じだ）

工房の人はいい仕事をしてくれた。エルの手でも扱いやすいし問題ない。あとでお礼を言いに行かなくては。

「いいなあ、エル。俺もそれ使いたい」

羨ましそうな目で見ているのは、ハロンである。泡立て器でも問題はないのだけれど、新しい器具に興味津々なのだ。

「使ってみる？」

自分の分を混ぜ終えたエルがハンドミキサーを差し出すと、ハロンは目を輝かせて飛びついた。

「こう持って、ここ、スイッチ。押すと回る」

ギュィーンと小さな音を立てて、泡立て部分が回転する。それをボウルに入れると、あっという間に混ざった。

「これ、面白い！　楽しい！」

「俺も俺も！」

ラースまで、ハロンと一緒になって泡立て器を使っている。手際よく溶かしバター混ぜるところまで到達したメルリノは、困った顔でふたりを見ていた。

「エル、兄上とハロン、どうするんですか？」

「好きなだけやったらいいと思うの」

今日作ろうとしているのは蒸しパンだ。

よほどのことがなければ、失敗することはないはずだ。

騎士団員達まで面白がってハンドミキサーに群がり、作業はいったん中断してしまう。

「……皆、はしゃぎすぎ」

樽の上にちょこんと座り、エルは膝に両肘をおいて頬杖をついた。両手で顎を支え、わいわいやっている騎士団員達を半眼で見やる。

いつまでそうしているつもりなのだろう。そろそろ、次の作業に移りたいのに。

「いつまで遊んでるつもりー？　真面目にやらないなら、厨房から出て行ってくれるかなー？」

あまりにも終わらないので、とうとうしびれを切らしてしまった。

樽の上に立ち上がり、両手を腰に当てているエルの顔を見た騎士達は、一斉に「ヤバイ」という顔になる。

ばたばたとそれぞれのボウルに戻り、溶かしバターを混ぜるところまで慌てて終えた。

「器に入れる。そして、蒸す！」

ココット皿に蒸しパン生地を流し込む。そして、蒸し器に入れたら、しばらく待つ。

火の通りにムラが出ないよう、上下二段で蒸しているのを、途中で上下入れ替える。

やがて、厨房には甘い香りが漂い始めた。

「できたー！」

器が熱くなっているので、エルは触らせてもらえない。トングでつまんで、ラースが一個ずつ調理台に並べてくれる。隣では、別の鍋から騎士がココット皿を出していた。「熱い」とか「気をつけろ」とか、取り出すのにも大騒ぎである。

「ひとり一個、お味見どーぞ！」

エルの声で、厨房にいた騎士達は、歓声をあげて皿を手に取る。残りは、見習い騎士達へのおやつだ。蒸しパンなら冷めてもおいしい。

「ふわっふわー」

「甘い」

「これなら、簡単にできるな」

騎士達が、試作品に手を伸ばす。エルはハンカチを出して、それで包んだ器をそっと引き寄せた。まだ、蒸し上がったばかりだから、容器も熱い。

「あちっ」

少しだけ手でつまんで口に運ぶ。

優しい甘味、鼻に抜ける卵と蜂蜜の香り。甘さ控えめにしてみたが、蜂蜜の香りが濃厚だから、充分だ。

「……上出来」

「なーなー、エル。これ、工房に頼めるか？」

さっさと自分の分を食べ終えたラースが、エルをつついた。

ハンドミキサーがよほど気に入ったらしい。今まで誰も思いつかなかったのが不思議だけれど、きっと王都には似たようなものがあるだろう。

辺境伯家では、エルが来るまで料理に力を入れていなかったから、誰も知らなかっただけで。

「材料があれば作ってくれると思う」

材料をどうやって揃えればいいかは、他の人達にお任せしよう。

大満足のエルは、樽の上で微笑んだけれど、後日、ハンドミキサーを見たロザリアが目の色を変えて、王都で売り出すことになるのはまったく想像もしていなかった。

あとがき

雨宮れんです。久しぶりに幼女&お料理物を書かせていただきました。

今回の主人公は、親から捨てられた女の子。前世でも、あまり家族との仲はよくなかったので、家族愛に飢えています。

そんな彼女を拾ったのは、何かと大雑把で、そして、愛に溢れた辺境伯家の人達。お兄ちゃん達は、新しくできた「妹」を溺愛します。ラースもメルリノもハロンも、妹が欲しかったんですよねえ。ハロンは末っ子なので、特にその気持ちが強かったのではないかと思います。

辺境伯領は大所帯な上に、身体を動かす人が大半なので、どれだけ料理を作ってもあっという間に消えていきます。もりもり食べてくれる人がいると、作りがいがありそうですよね。

作中に料理を出す時は、試作をするのですが、今回ナッツのキャラメリゼは非常にやばかったですね……。大袋で無塩のミックスナッツを常備しているのですが、作中に書いた通りに塩味をつけ、キャラメルソースをからめて粗挽き胡椒を追加したら本当に手が止まりませんでした。

一度にたくさん作ってもしかたないなと三掴み分で作ったのですが、一気に食べきりました。欲張らず、三掴みにしておいて本当によかった……。

さほど手をかけずに作れるので、よろしければお試しを。カロリーはものすごく高いと思うので、その点だけご注意ください（笑）

そして今回、イラストはriritto先生にご担当いただきました。

完成したイラストを拝見した瞬間、「可愛い子選手権一等賞ですね！　ぶっちぎりで優勝ですね！」と叫んだエルの愛らしいこと！　お兄ちゃん達も調理器具と化した精霊達も楽しそうです。最高です。

特に、唐揚げを作っているシーンの挿絵が可愛くて、何度も見返してはにやにやしておりました。お忙しいところ、お引き受けくださりありがとうございました。

本作よりご担当いただくことになりました担当編集者様。大変お世話になりました。これからも、どうぞよろしくお願いいたします。

ここまでお付き合いくださった読者の皆様もありがとうございます。「辺境騎士団のお料理係！～捨てられ幼女ですが、過保護な家族に拾われて美味しいごはんを作ります～」お楽しみいただけたでしょうか。ご意見ご感想、お寄せいただけましたら幸いです。

雨宮《あまみや》れん

辺境騎士団のお料理係！
～捨てられ幼女ですが、過保護な家族に拾われて美味しいごはんを作ります～

2023年11月5日　初版第1刷発行

著　者　雨宮れん

発行人　菊地修一

発行所　スターツ出版株式会社

〒104-0031　東京都中央区京橋1-3-1　八重洲口大栄ビル７F
☎出版マーケティンググループ　03-6202-0386
（ご注文等に関するお問い合わせ）

https://starts-pub.jp/

印刷所　大日本印刷株式会社

ISBN　978-4-8137-9277-2　C0093　Printed in Japan

［雨宮れん先生へのファンレター宛先］
〒104-0031　東京都中央区京橋1-3-1　八重洲口大栄ビル７F
スターツ出版（株）　書籍編集部気付　雨宮れん先生